LA FILLE
DU PUISATIER

MARCEL PAGNOL
de l'Académie française

LA FILLE DU PUISATIER

Editions de Fallois
PARIS

Film réalisé par Marcel Pagnol en 1940.

Éditions de Fallois, 22, rue La Boétie, 75008 Paris

ISBN 978-2-87706-752-2

1. Un immense paysage de Provence. Au fond, il y a une chaîne de collines blanches et bleues.

Dans la plaine, un verger d'oliviers gris et d'amandiers verts alignés sur la terre qui est toute dorée d'herbes sèches. Au milieu du paysage, une petite forme noire s'avance. Elle ne paraît pas plus grande qu'un grillon, et les oliviers sont hauts comme des touffes de thym.

2. La petite forme s'est rapprochée. C'est une jeune fille qui porte un panier assez lourd. La voici qui s'arrête juste devant nous : elle se baisse, elle cueille une fleur des champs. Elle la pique dans ses cheveux qui sont dorés, très courts et bouclés comme la laine des agneaux.

Agenouillée contre le ciel, elle est très belle. Elle a un visage grave d'enfant, un cou frêle, mais droit et pur, et les seins gros et durs des vierges paysannes.

3. Elle se lève, elle continue sa route ; elle s'éloigne sous l'ombre claire des oliviers, et l'on voit briller sur sa nuque une très fine chaîne d'or, car elle porte, au creux de sa gorge, la chaude médaille de son baptême.

4. Au bord d'un ruisseau, qui est presque une petite rivière, il y a des saules, des trembles et des roseaux. Il y a aussi des libellules, qui révèlent brusquement de petits rayons de soleil, et les reflets de l'eau courante, qui éclairent le dessous des feuilles.

Dans l'eau, voici un grand jeune homme. Il est brun, il a un petit maillot noir et un tricot blanc de laine élastique. Il marche dans l'eau, sans bruit, le long de la rive. Il s'agenouille, il plonge sa main sous les racines des osiers. Puis il se couche, pour enfoncer son bras dans un trou invisible. Son visage seul sort de l'eau. Soudain il se relève : il tient par les ouïes une longue truite marbrée qui danse comme un pendu : il la porte à bout de bras, et va la mettre dans une besace de toile brune qui est attachée par la bretelle à la branche penchée d'un saule, et soudain, il lève la tête, et regarde plus bas, vers l'autre rive.

5. *Sur cette rive, voici la jeune fille qui s'avance. Elle n'a pas vu le garçon. Elle pose son panier, elle s'assoit dans l'herbe ; elle veut quitter ses souliers pour traverser le ruisseau à gué. Mais le nœud des lacets semble trop durement serré. Le jeune homme, qui sourit, fait quelques pas vers elle. Elle lève la tête, elle le voit, elle a peur.*

LE JEUNE HOMME

Vous voulez traverser le ruisseau ?

Elle s'est levée, elle a repris son panier, elle recule de quelques pas.

LE JEUNE HOMME

Vous avez peur de quoi ? *(Il rit.)* Si je vous avais entendue venir, c'est moi qui me serais caché. Je pêche à la main, et c'est défendu... Approchez-vous : je ne suis pas un sauvage !

LA JEUNE FILLE

Moi non plus. *(Elle redescend vers lui.)* Vous savez, vous ne m'effrayez pas.

LE JEUNE HOMME

Je n'ai rien fait pour ça. Je vous ai simplement demandé si vous vouliez traverser le ruisseau.

LA JEUNE FILLE

Il est à vous ?

LE JEUNE HOMME

Justement. Il traverse des champs qui appartiennent à mon père.

LA JEUNE FILLE

Les pierres et le sable sont peut-être à vous ; mais un ruisseau c'est de l'eau qui passe. Et l'eau qui passe, à qui est-elle ?

Il la regarde avec un sourire d'homme. Elle s'est assise dans l'herbe. Elle essaie à nouveau de défaire le nœud.

LE JEUNE HOMME

Elle est à moi pendant qu'elle passe chez moi.

LA JEUNE FILLE

Vous n'êtes pas chez vous sur cette terre, même si vous l'avez payée bien cher.

LE JEUNE HOMME

Pourquoi ?

LA JEUNE FILLE

Parce que vous ne la cultivez pas.

LE JEUNE HOMME

Mon grand-père l'a cultivée pendant longtemps, mais mon père n'est pas paysan – et il ne veut pas qu'on y travaille, parce qu'il en a fait une chasse – une chasse gardée.

La jeune fille ne répond pas : elle tire sur le lacet noir, qui résiste.

LE JEUNE HOMME

N'essayez pas de défaire ce nœud : il est trop serré.

LA JEUNE FILLE

Je porte le déjeuner à mon père : il faut pourtant que je traverse.

LE JEUNE HOMME

Ce sera bien facile, si vous permettez.

Il saute sur la rive. Puis il parle avec une autorité souriante.

LE JEUNE HOMME

Levez-vous. *(Elle obéit sans mot dire, stupéfaite.)* Prenez votre panier.

Elle saisit l'anse du panier. Il l'enlève sans effort, en riant, et il l'emporte vers l'autre rive.

Elle se tient raide comme un bâton, pour ne pas toucher, avec sa joue, l'épaule nue du jeune homme. Il la pose debout dans l'herbe, comme une petite statue.

LE JEUNE HOMME

Et voilà.

LA JEUNE FILLE

Merci.

LE JEUNE HOMME

Et maintenant, comment vous appelez-vous ?

Elle ne répond pas, elle s'enfuit en courant sous les oliviers, et le jeune homme la regarde s'éloigner. Puis, songeur, il redescend dans le ruisseau et poursuit sa pêche.

DANS LES CHAMPS

La jeune fille marche lentement. Elle se retourne de temps à autre. Quand elle passe auprès d'un olivier, on entend l'envol vibrant des cigales. Au loin, le clocher de Salon sonne l'angélus de midi. Soudain retentit la corne des puisatiers qui annonce l'explosion des mines.

Au bord d'un champ, sur un tertre, un homme jeune souffle dans un gros coquillage percé d'une embouchure. Il sonne, tour à tour, vers trois côtés de l'horizon, et, assez loin derrière lui, une autre corne retentit. Il est vêtu d'un gilet taché d'argile, il a de grands pantalons de velours qui sont rapiécés aux genoux. Ses gros souliers sont enduits de boue. La jeune fille s'avance vers lui.

L'HOMME

Bonjour, Patricia !

PATRICIA

Bonjour, Félipe !

FÉLIPE

Ne vous approchez pas ! Les mines vont partir ! Oh ! il n'y a pas grand danger : le puits a déjà douze mètres, et les mines sont au fond. Les pierres peuvent pas sauter de côté. Mais, des fois, il y en a deux ou trois folles qui montent à cinquante mètres en l'air... Et puis, va savoir où elles retombent !... *(Une mine éclate avec un bruit sourd qui fait trembler le sol.)* Celle-là était bonne. Elle a dû bien travailler. *(Une deuxième mine éclate, puis une troisième. La troisième a fait un bruit plat.)* Celle-là, elle a foiré. Elle est partie à l'envers. Je lui avais dit, à votre père. Le trou avait traversé tout le rocher et, dessous, il y avait du sable... Elle est partie à l'envers dans le sable, la pierre est même pas fêlée. *(Soudain une détonation énorme ébranle le paysage. Félipe est ravi.)* Oh ! la bonne ! La bonne ! Celle-là, elle nous a fait six brouettes ! C'est fini.

Il reprend la corne. Il sonne encore trois fois.

Patricia, son panier au bras, franchit la petite crête. Au creux d'un vallon se dresse une chèvre rustique faite de trois pins coupés. Au sommet, la poulie et sa double corde. Entre les trois pieds de la chèvre un grand panache de fumée jaune sort comme d'une cheminée. À travers cette fumée, un homme s'avance. C'est le puisatier. Il est très grand, il est très lourd. Il est couvert de boue, lui aussi. Il a les mêmes souliers à clous que Félipe, qui font un grand bruit dans la pierraille.

Il se dirige vers un pin aux larges branches sous lequel s'étale une sorte de campement.

Il y a des outils de puisatier : pics, pelles, barres à mine, masses de carrier, et la petite masse qu'ils appellent « masse à couble ». Des couffins, des cordes, des martelettes. Pendues au tronc du pin, il y a des musettes de cuir dont la bretelle est large comme une cartouchière. Sur quatre piquets plantés dans le sol, ils ont cloué une vieille porte, et deux caisses leur servent de chaises.

Patricia a posé son panier à terre, elle a pris la grande serviette à carreaux qui le couvrait et elle l'étend sur la vieille porte, comme une nappe. Pendant la scène qui va suivre elle met le couvert.

LE PUISATIER *(pensif)*

La troisième mine, elle a cagué : c'est de ma faute, j'ai troué la pierre. Je pensais que, derrière, il y avait une autre pierre, alors la poudre se serait appuyée dessus, et elle aurait soulevé le monde. Mais dessous, il y avait le mou. Alors la mine, elle a cagué.

Patricia met sur la table une seconde assiette et elle regarde Félipe en riant.

FÉLIPE

Vous mettez un couvert pour moi ?

PATRICIA

Oui, parce que c'est ma fête aujourd'hui.

FÉLIPE

C'est vos dix-huit ans ?

PATRICIA

Tout juste. Alors j'ai fait une surprise au père.

Elle pose sur la table un gros plat de terre enveloppé dans un torchon. Elle dénoue les coins du torchon. Le puisatier regarde avec une admiration gourmande.

LE PUISATIER

La polenta ! Oh ! Sainte Vierge ! Pour descendre au puits, ça ira tout seul... Mais ça sera pour remonter...

FÉLIPE

Avec le treuil et la poulie on remonte même les morts.

Patricia a posé sur la table une marmite, qu'elle découvre. Félipe se penche vers la buée qui s'en échappe.

FÉLIPE

Vé, la daube ! Eh bien ça, ça vaut la peine de se tailler des cure-dents !

Et en effet, avec son couteau de mineur, tout noir de poudre, il taille des brindilles en riant.

LE PUISATIER

C'est vraiment ta fête aujourd'hui ?

PATRICIA

Oui, père, le 21 avril.

LE PUISATIER

Je n'y avais pas pensé.

FÉLIPE

Ça, c'est pas gentil alors. Si j'avais su...

LE PUISATIER

Moi, ces choses-là, je les oublie toujours.

PATRICIA

Les hommes ont d'autres soucis !

LE PUISATIER

Tu manges pas avec nous, aujourd'hui ?

PATRICIA

Oh non ! Je n'ai pas le temps.

FÉLIPE

Alors, c'est votre fête, et c'est vous qui faites les cadeaux ?

PATRICIA

Si mon père ne m'avait pas donné la vie, ça ne serait pas ma fête aujourd'hui, puisque je ne serais pas née. Alors, je lui ai fait la daube et la polenta pour le remercier de m'avoir donné mes dix-huit ans.

Les deux hommes commencent à manger.

FÉLIPE

Si j'avais su, j'aurais apporté une bouteille de vin bouché.

LE PUISATIER
(il se verse une rasade de la bouteille)

Celui-là, il est bon. Moi, le vin bouché, je l'aime pas. Celui-là, c'est le meilleur.

Il boit d'un seul trait, respire profondément, et fait claquer sa langue.

PATRICIA

Il avance votre puits ?

LE PUISATIER

Doucement. Nous avons trouvé la pierre bleue. On la trouve partout ici.

PATRICIA

Tu crois qu'il y aura beaucoup d'eau ?

LE PUISATIER

Oh oui ! C'est une source : encore deux mètres et nous aurons les pieds mouillés. L'eau coule grosse comme mon doigt. C'est la montre qui me l'a dit : elle ne s'est jamais trompée.

FÉLIPE *(timidement)*

Moi, il me semble que nous allons passer à côté.

LE PUISATIER *(brusquement soupçonneux)*

Il te semble... Il te semble quoi ?

FÉLIPE

D'abord, il me semble que l'eau est plus grosse que ce que vous dites. Mais nous passerons à côté, parce qu'elle est à deux mètres sur la gauche.

LE PUISATIER

Et qui te l'a dit ?

FÉLIPE *(timidement)*

Je l'ai cherchée avec la baguette.

LE PUISATIER *(avec mépris)*

La baguette ! Qu'est-ce que tu parles de la baguette ? C'est une femme, la baguette ! Même dans la main d'un homme vieux, elle s'énerve, elle se tortille, elle danse comme une garce : elle me fait honte, moi, la baguette ! Et toi, tu veux la croire, cette folle ? Mais la montre, ça, c'est sérieux. Les capitaines de la mer, s'ils n'ont pas une montre, ils ne savent plus faire marcher le bateau. Ils font tout avec la montre. Une montre c'est une personne. Toi, tu ne sais pas l'heure, et il faut que tu la lui demandes, parce qu'elle, l'heure, elle la sait. Et elle sait l'eau aussi. C'est bon la montre : ça ne ment pas.

Félipe baisse la tête sans mot dire et ils mangent tous deux lentement, comme des gens qui ont vraiment besoin de cette polenta pour faire tourner les grandes masses du carrier. Elle les regarde, elle les sert, avec une humilité noble et gracieuse. Enfin, elle s'approche de son père, elle repousse une mèche de cheveux qui lui tombait sur le front et elle baise cette vieille peau rugueuse.

LE PUISATIER

Tu t'en vas ?

PATRICIA

Oui, père. Les petites sœurs m'attendent. L'école commence à une heure et demie.

LE PUISATIER

Bon. Au moins, tu as gardé de bonnes choses pour manger à la maison ?

PATRICIA

J'ai fait la polenta pour tout le monde. Au revoir, Félipe.

FÉLIPE

Au revoir, Patricia. Merci, merci beaucoup. Et bonne fête !

PATRICIA

Merci !

Elle disparaît dans le sentier bordé de broussailles. Les hommes continuent à manger.

FÉLIPE

Quand même, cette fille, elle est aussi brave que ce qu'elle est belle.

LE PUISATIER

Ça, tu peux le dire, Félipe.

FÉLIPE

Et personne a pensé à lui souhaiter sa fête ! Moi, je la savais pas la date, tandis que vous, vous la saviez !

LE PUISATIER *(malin)*

Oui, mais moi, je l'ai oublié, qu'elle a dix-huit ans, aujourd'hui. Moi, j'ai oublié que le 21 du mois d'avril, c'était un dimanche. Sa mère m'a réveillé à la pointe du jour et elle me dit : « Pascal, je crois que je vais faire le petit. » Je lui dis : « Ne te gêne pas, ne t'inquiète pas. Plus tôt tu le fais, plus tôt c'est fini. » Je me suis levé tout de suite, je lui ai laissé le lit pour elle toute seule. Nous avons fait une petite prière à la Sainte Vierge et je suis allé réveiller les voisines. La lune se levait sur Château-Virant, elle était tellement grosse qu'elle aurait pas pu se voir dans un puits. Après je me suis promené dans le jardin, et j'entendais la femme qui criait. Je suis allé voir mes lapins, et il y avait justement une grosse mère qui faisait ses petits pendant que ma femme me faisait le mien. Je l'ai regardée, et puis, on m'a appelé parce que l'enfant venait de naître. Et tout à coup, le coq a chanté. C'est parce que j'ai oublié tout ça que j'ai oublié sa fête aujourd'hui.

Il rit.

FÉLIPE

Ah ! C'était une finesse ?

LE PUISATIER

Mais bien sûr que c'est une finesse, gros imbécile ! Tu comprends bien si je le connais, le jour de sa fête ! Mais il faut toujours faire la surprise !

FÉLIPE

Vous lui avez acheté un cadeau ?

LE PUISATIER

Et un beau cadeau ! *(Confidentiel.)* J'ai donné quarante francs à sa sœur Amanda, et Amanda est allée lui acheter un chapeau à Paris-Chapeaux. Mais pas un chapeau qui est dans une boîte pleine de poussière, et que la mode a passé depuis dix ans, non : celui qui est dans la vitrine avec les fleurs – et même je crois qu'il y a un oiseau. C'est Amanda qui me l'a dit, parce que moi, les chapeaux, je ne suis pas fort, surtout les chapeaux de femme. On lui donnera ce soir après dîner... C'est la surprise, et c'est pour ça que je lui ai fait la comédie.

Il mange.

FÉLIPE

Un chapeau, c'est un joli cadeau pour une fille. Surtout que demain, c'est dimanche...

Il se remet à manger gravement. Le puisatier, qui suit sa pensée, reprend son récit tout à coup.

LE PUISATIER

Lorsque l'enfant est né, les femmes m'ont appelé, et je suis allé en courant, et on m'a fait voir le petit bébé : il était rouge comme les écrevisses pour manger. Et j'étais content, ah, malheur !... Puis, j'ai vu qu'il n'avait pas la quiquette : ah, malheur ! j'étais pas content.

FÉLIPE

Pourquoi ? C'est joli aussi, une fille.

LE PUISATIER

C'est joli, mais tant qu'elle n'est pas mariée, on ne peut pas savoir son nom. Et puis ma femme m'a fait encore une fille, et encore une fille... Et puis, un jour, elle me dit : « Il y a une dame à Paris, qui était venue pour se reposer, qui veut emmener Patricia à Paris. » C'est une dame qu'elle n'avait pas d'enfant, et elle avait les sous. Moi j'ai dit : « Tant de filles comme j'ai, ça m'est égal si on m'en prend une, je m'apercevrai pas. » Et puis je pensais : « La petite a de la chance. Elle aura du chaud et du manger. » Elle avait six ans et elle est partie... Et puis la mère m'a fait encore d'autres filles... Et puis elle est retournée chez le Bon Dieu. Et me voilà, moi, pauvre peuchère, avec cinq filles que la plus grande c'était Amanda, elle avait quatorze ans !

FÉLIPE

Oh, malheureux ! Ça alors, c'est un désastre !

LE PUISATIER *(il le sert)*

Tiens, encore un peu de polenta. Mange. Et un jour, Amanda me dit : « Le facteur, il a donné une lettre et c'est Patricia qui a écrit. » La dame de Paris, elle était morte, et Patricia est revenue à la maison. Elle avait quinze ans. Quand je l'ai vue, je l'ai pas reconnue. Elle parlait que je comprenais rien. Et puis elle m'a embrassé. Et puis elle a lavé toute la marmaille, et elle a remplacé la mère...

FÉLIPE

Oh ! pour ça, tout le monde en dit du bien dans le quartier.

LE PUISATIER

C'est pas une fille, c'est un trésor que le Bon Dieu m'a donné : maintenant, Félipe, moi, je l'aime autant qu'un garçon. Ça a l'air bête ce que je te dis, mais c'est la vérité : autant qu'un garçon.

FÉLIPE

Elle vous manquera bien, quelque jour, si elle se marie...

LE PUISATIER

Ne parle pas de ça. Je sais bien qu'il faut que ça arrive ; mais je veux pas y penser.

FÉLIPE

Ou alors, il faudrait qu'elle se marie avec un homme de notre métier et qui habite pas trop loin de votre maison : comme ça vous ne la perdriez pas...

LE PUISATIER

Tu m'as coupé l'appétit de me faire penser au mariage. Tiens, il y a encore de la fumée au puits. Mets-y les branches de feu, qu'elle s'en aille, pendant que je te sers encore une assiette.

Félipe s'est levé. Il prend de grandes branches sèches, qui étaient préparées, les enflamme et les jette dans le puits.

DANS LE VERGER D'OLIVIERS

Patricia retourne vers la ville. Elle approche du ruisseau. Elle arrive au gué : il n'y a personne. Elle regarde en aval, puis en amont. Et la voici qui remonte la rive en se cachant dans les osiers. Elle aperçoit le pêcheur, qui continue son braconnage. Peu à peu il s'approche d'elle. Elle essaie de se cacher : il lève la tête, il la voit, il sourit.

LE JEUNE HOMME

Voilà une demoiselle qui a encore besoin du transbordeur...

PATRICIA

Je cherche la passerelle : il y en avait une par ici...

LE JEUNE HOMME

C'est un peu plus haut, dans l'autre champ.

PATRICIA

Merci. *(Elle fait mine de continuer sa route.)*

LE JEUNE HOMME

Vous n'avez pas besoin de remonter si loin puisque je suis là. La manœuvre a très bien réussi tout à l'heure : ça peut réussir encore maintenant. Approchez-vous.

PATRICIA

On dirait que vous faites ça toute la journée.

LE JEUNE HOMME

Je ne demanderais pas mieux. *(Il la prend dans ses bras, il entre dans l'eau, et tout à coup, au milieu du ruisseau, il s'arrête.)* Maintenant que je vous tiens, vous allez me dire votre nom.

PATRICIA

Qu'est-ce que ça peut vous faire ?

LE JEUNE HOMME

Et vous, qu'est-ce que ça peut vous faire de me le dire ? Vous êtes de Salon ?

PATRICIA

Oui. Allons, marchez, dépêchez-vous.

LE JEUNE HOMME

Moi, je ne suis pas pressé !

PATRICIA

Ce n'est pas bien ce que vous faites. Si quelqu'un nous voyait.

LE JEUNE HOMME

Il n'y a personne. D'où sortez-vous cet accent parisien ?

PATRICIA

J'ai été élevée à Paris, chez les bonnes sœurs.

LE JEUNE HOMME

Vous avez de drôles de souliers, pour une élève des bonnes sœurs.

PATRICIA

Si j'étais riche, j'en aurais de plus beaux.

LE JEUNE HOMME

Excusez-moi, je n'ai pas voulu vous blesser.

PATRICIA

Déposez-moi tout de suite de l'autre côté.

LE JEUNE HOMME

Non, parce que vous allez encore vous enfuir, et je voudrais bien savoir qui vous êtes.

PATRICIA

Je ne vous le dirai pas.

LE JEUNE HOMME

Alors, je vais vous garder une heure dans mes bras. Ce n'est pas désagréable.

Il rit, avec de très belles dents.

PATRICIA

Je vous préviens : je vais vous tirer les cheveux.

LE JEUNE HOMME

Vous pouvez y aller : ils tiennent bien. *(Brusquement elle lui saisit les cheveux à poignées et elle tire pour de bon. Il fait la grimace.)* Hé là ! Hé là !

PATRICIA

Marchez...

Le jeune homme marche et traverse le ruisseau. Il la dépose dans l'herbe.

LE JEUNE HOMME

Eh bien, dites donc ! *(Il frictionne son cuir chevelu.)* Vous n'y allez pas de main morte !

PATRICIA

Si je vous ai fait mal, c'est tant pis pour vous... *(Elle flaire ses mains.)* Quelle odeur ! Vous devez en mettre, de la pommade !

LE JEUNE HOMME

Excusez-moi : je suis allé chez le coiffeur ce matin.

Il la regarde avec une curiosité amusée, et tout à coup, d'un air sérieux, il vient vers elle.

LE JEUNE HOMME

Sérieusement, qui êtes-vous ?

PATRICIA

Une fille. Je suis la fille du puisatier.

LE JEUNE HOMME

Vous en parlez comme s'il était le seul au monde.

PATRICIA

Ce n'est peut-être pas le seul, mais c'est sûrement le plus courageux.

LE JEUNE HOMME

Il travaille par ici ?

PATRICIA

Il creuse un puits, dans la colline près de Château-Virant.

LE JEUNE HOMME

C'est donc ça, ces explosions de tout à l'heure ?

PATRICIA

Oui, ce sont les mines.

LE JEUNE HOMME

Savez-vous que vous êtes très belle ?

PATRICIA

Oui, comme ça, à midi, sous les oliviers, pour un jeune homme qui n'a rien à faire, et qui passe son temps à dire des bêtises. *(Elle montre une magnifique moto, qui est debout dans l'herbe, près du fourré.)* C'est à vous cette moto ?

LE JEUNE HOMME

Oui, c'est à moi.

PATRICIA

Je n'ai pas encore vu vos souliers, mais ils doivent être plus beaux que les miens.

LE JEUNE HOMME *(gentiment)*

Il n'est pas honteux d'être pauvre.

PATRICIA

Ce n'est pas honteux, mais c'est fatigant. D'ailleurs, j'ai de très beaux souliers pour la ville. Oui, oui. Ceux-là, je les mets pour marcher dans la pierraille. Mais j'en ai d'autres.

LE JEUNE HOMME

Et vous retournez jusqu'à Salon ?

PATRICIA

Non. Nous n'habitons pas en ville.

LE JEUNE HOMME

Et où donc habitez-vous ?

PATRICIA

Qu'est-ce que ça peut vous faire ?

LE JEUNE HOMME

Ça peut me faire que, si vous habitez du côté de Salon, je peux vous ramener sur la moto.

PATRICIA

Et si nous rencontrons des gens, qu'est-ce qu'ils vont dire ?

LE JEUNE HOMME

D'abord, il est plus de midi, et nous ne rencontrerons personne. Et puis, quel mal y a-t-il à raccompagner une jeune fille ? C'est une chose qui se fait tous les jours.

PATRICIA

Vous, peut-être, vous le faites tous les jours. Mais moi, je ne l'ai jamais fait.

LE JEUNE HOMME

Vous n'êtes jamais montée en moto ?

PATRICIA

Non.

LE JEUNE HOMME

C'est une sensation délicieuse... Vous pourriez essayer.

PATRICIA *(elle réfléchit)*

Si j'accepte, il faudra que vous me laissiez au croisement de la route de Lançon.

LE JEUNE HOMME

Il n'y a pas de maison ?

PATRICIA

Je sais. Après, j'irai à pied.

LE JEUNE HOMME

Bon. Attendez-moi une seconde. Mes vêtements sont là.

Il disparaît dans le fourré. Elle attend. Elle tire de son corsage une petite glace-réclame et un peigne. Elle s'arrange. On entend la voix du jeune homme, que l'on ne voit pas.

LE JEUNE HOMME

Vous n'en profitez pas pour partir, au moins ?

PATRICIA

Non. D'ailleurs, qu'est-ce que ça pourrait bien vous faire ?

LE JEUNE HOMME

Ça m'ennuierait. Ça me plaît de vous rendre un petit service. Et puis, une moto, c'est charmant quand on est deux...

PATRICIA

Vous n'irez pas trop vite, au moins ?

LE JEUNE HOMME

Non, au contraire. Je ferai durer le plaisir.

PATRICIA

Vous êtes de Salon, vous aussi ?

LE JEUNE HOMME

Oui. J'y suis né, mais j'ai fait mes études à Lyon, puis à Paris.

PATRICIA

Vous vous appelez comment ?

LE JEUNE HOMME

Mazel. Jacques Mazel.

PATRICIA

Vous êtes le fils du bazar ?

LE JEUNE HOMME

Oui, comme vous dites, je suis le fils du bazar. *(Il sort du taillis. Il a un pantalon de flanelle blanche, des chaussures de tennis et une chemise Lacoste.)* Vous me connaissez ?

PATRICIA

Non, je ne vous connais pas, mais je connais le bazar et je sais qu'il a un fils. *(Rêveuse.)* Ça doit être amusant d'avoir un bazar. On peut jouer avec tant de choses...

LE JEUNE HOMME

Ça m'amusait beaucoup quand j'étais petit. Maintenant, je n'ai plus le temps.

PATRICIA

Moi non plus...

LE JEUNE HOMME

Vous travaillez ?

PATRICIA

Je travaille à la maison. J'ai appris le métier de couturière à Paris. Je fais des robes pour Mme Brunot, la couturière de Salon.

LE JEUNE HOMME

Vous avez peut-être travaillé aux toilettes de ma mère.

PATRICIA

Je l'ai peut-être vue, à l'essayage... Mais je ne savais pas son nom.

LE JEUNE HOMME

Maintenant, en route. *(Il a enfourché la moto.)* Approchez-vous. Mettez-vous à cheval derrière moi. Posez vos pieds sur ces deux tiges qui dépassent.

Patricia s'installe avec une certaine inquiétude ravie.

PATRICIA

Vous allez peut-être me perdre en route.

LE JEUNE HOMME

Ne craignez rien. Je ne vous demande qu'une chose : ne faites pas de mouvement brusque. *(Il appuie sur le kick, le moteur tourne. Il s'assied sur la selle.)* Tenez-vous bien.

PATRICIA

Et à quoi ?

LE JEUNE HOMME

À moi, parbleu ! Mettez vos bras autour de ma taille. *(Elle hésite.)* Allons, n'ayez pas peur. Je vous ai tenue deux fois dans mes bras pour passer le ruisseau. Cette fois-ci, c'est vous qui allez me tenir dans les vôtres. Et si vous me serrez trop fort, ou d'une manière pas convenable, j'aurai le droit de vous tirer les cheveux !

Elle sourit : elle passe ses bras autour de la ceinture du jeune homme.

PATRICIA

Vous savez, si vous allez vite, je n'aurai pas peur.

LE JEUNE HOMME

Bon.

Il accélère le moteur, il démarre. Elle appuie sa joue contre son dos. La moto s'en va. D'abord assez lentement, dans l'étroit sentier qui est bordé de menthes poivrées. Puis elle atteint la route et s'envole.

Alors, Patricia ferme les yeux. La moto file entre les murs de pierres sèches, dans l'ombre bleue des oliviers. Voici un virage à gauche, et la moto se penche à toucher le sol des pédales. Elle se redresse et file plus vite encore, entre deux champs de vigne qui vont au bout de l'horizon. Puis, la machine ralentit : voici le croisement de deux routes et le jeune homme a laissé pendre ses grands pieds, qui patinent sur le bitume. Le moteur soubresaute deux ou trois fois et s'arrête, et le jeune homme se retourne vers la fille.

JACQUES

Alors, c'est ici que vous descendez ?

PATRICIA

Oui.

Elle descend.

JACQUES

Vous avez eu peur ?

PATRICIA

Un peu, mais c'était amusant. Merci.

JACQUES

Vous ne venez jamais danser, à Salon, le samedi soir ?

PATRICIA

Non. Mon père ne voudrait pas, et ça ne me plairait pas non plus.

JACQUES

Si je vous invitais, un jour, à venir au cinéma, est-ce que vous viendriez ?

PATRICIA

Non. J'y vais quelquefois, mais avec ma sœur. Vous êtes bien aimable de m'avoir accompagnée, mais maintenant vous perdez votre temps.

JACQUES

Merci. Ça, au moins, c'est net. Au revoir, mademoiselle.

PATRICIA

Au revoir.

Elle reste fichée au bord de la route.

JACQUES

Vous attendez quelque chose ?

PATRICIA

J'attends que vous soyez parti. Je ne veux pas vous laisser voir de quel côté je vais.

JACQUES

Tant pis pour moi. Si je n'étais pas en retard, je resterais ici une demi-heure pour vous taquiner. Mais il est midi un quart. Au revoir, mademoiselle.

Il démarre. Il s'éloigne. Patricia attend quelques secondes, puis elle s'en va, en dansant, vers sa maison.

SUR LE COURS DE SALON

Devant un très beau bazar, il y a un étalage qui déborde jusqu'au milieu du trottoir, sous les platanes.

Il y a des outils de paysan, des arrosoirs, des brouettes, des costumes d'ouvrier en peau de diable, des costumes de paysan en gros velours.

Sur la porte, au milieu, il y a M. Mazel, le propriétaire : il a cinquante ans, il est gros et gras, avec une petite moustache à peine grisonnante, et un beau crâne d'un brun rosé, dont les cheveux sont si rares qu'ils ont l'air de poils. M. Mazel est très content. Un petit commis vient derrière lui.

LE COMMIS

Patron...

MAZEL *(il se retourne)*

Qu'est-ce que c'est ?

LE COMMIS

Patron, il y a la patronne qui a une crise de nerfs.

MAZEL *(placide)*

Ça ne m'étonne pas. Elle a vu le journal ?

LE COMMIS

Non... C'est une cliente qui l'a félicitée.

MAZEL *(navré)*

Celle-là, elle a eu une bonne idée !

LE COMMIS

Elle lui fait : « Vous devez être fière, madame Mazel, que votre fils soit aviateur ? » Alors, la patronne dit : « Oui, j'en suis fière ! Vous ne le saviez pas ? » L'autre lui fait : « Je savais qu'il était dans l'aviation, mais je savais pas qu'il était aviateur-acrobate. Je l'ai vu dans le journal. » Et elle lui fait voir le journal qui annonce le métingue.

MAZEL *(brusquement décidé)*

Eh bien, tant mieux ! Au moins maintenant, elle le sait. *(Inquiet.)* Elle pleure ou elle crie ?

LE COMMIS *(joyeux)*

Elle pleure d'une force terrible, elle fait des larmes qui sautent.

MAZEL *(rassuré)*

Alors, elle a déjà crié. J'y vais.

Il entre dans son magasin, et nous le suivons. Nous voyons au passage des statues de la Sainte Vierge et une femme nue debout sur la pointe d'un croissant de lune. Il y a des pendules, des cerceaux à sonnette et des rabots pour les frites. On voit aussi, contre le mur, beaucoup de tiroirs. Et sur la face visible de chaque tiroir, il y a un objet captif retenu par deux anneaux de ficelle : c'est une pince, une clef anglaise, un boulon, un burin. M. Mazel traverse rapidement son royaume et monte l'escalier de bois qui conduit à ses appartements.

DANS UNE SALLE À MANGER BOURGEOISE

très « cossue » comme l'on dit

Le couvert est déjà dressé, pour trois personnes. Dans un grand fauteuil est assise une femme qui a environ quarante-cinq ans. Auprès d'elle, une bonne, qui a l'air stupide, tient d'une main un plateau, et une bouteille de rhum de l'autre main. La dame boit à petites gorgées, elle a les yeux rouges, elle est oppressée. M. Mazel entre, l'air innocent.

MAZEL

Qu'est-ce qu'il y a ?

MME MAZEL

Tu le savais, toi, bandit ?

MAZEL

Non. Moi, bandit, je ne sais pas de quoi il s'agit. Qu'est-ce que c'est ?

MME MAZEL

Demain, à Salon.

Un sanglot lui coupe la parole.

MAZEL

Il y a un meeting d'aviation. Ça, moi, bandit, je le sais : Jacques nous en a parlé...

MME MAZEL

Il a menti. Il a dit qu'il n'en était pas.

MAZEL

Il a dit qu'il croyait ne pas en être.

MME MAZEL

Menteur, ergoteur ! Va, c'est bien ton fils, celui-là...

MAZEL

J'espère que tu as d'autres raisons de le croire. Qu'est-ce qu'il a fait ?

MME MAZEL

Regarde ce journal. *(Elle montre une boule de papier à terre, M. Mazel la ramasse et déplie* Le Petit Écho de Salon.*)* D'ailleurs tu l'as déjà lu, mais tu fais semblant de l'ignorer avec ton hypocrisie habituelle... *(Comme il fait semblant de chercher, elle se lève, lui arrache le papier et lit :)* « Et pour clôturer dignement cette manifestation, l'escadrille spéciale d'acrobatie aérienne de l'École de l'air donnera une éclatante démonstration de sa virtuosité. Les Salonnais apprendront avec fierté que Jacques Mazel, le fils du commerçant si estimé de notre bonne ville, a eu l'honneur d'être admis dans la glorieuse escadrille et qu'il y fera ses débuts demain. » Voilà.

MAZEL *(il lit la suite)*

« Au jeune pilote et à ses parents, nous adressons toutes nos félicitations. »

Jacques vient d'entrer. Il est extrêmement joyeux.

JACQUES

Et voilà. Je ne voulais te le dire qu'après, mais enfin, il vaut autant que tu le saches. J'ai faim.

Il s'assoit à table.

MME MAZEL

Tu n'iras pas, parce que je te le défends.

JACQUES

Faudra dire ça au colonel.

MME MAZEL

Des acrobaties ! Es-tu officier ou acrobate ?

JACQUES

Les deux.

MAZEL

Tu as voulu qu'il soit aviateur : il est aviateur.

MME MAZEL

Comment oses-tu dire que j'ai « voulu » ?

MAZEL

Je sais bien que ce qui te plaisait, dans cette noble carrière, c'était surtout le costume. Une fois qu'il a eu le costume – 2 400 francs sur mesure – on lui a donné aussi un avion : ça fait partie de la panoplie. Et un avion, ça vole.

JACQUES

Et ça ne vole pas seul.

MME MAZEL

On peut voler, et faire son devoir, sans risquer sa vie inutilement, pour donner le frisson au public, et des cheveux blancs à sa mère.

MAZEL

Moi, pour les cheveux, ça ne risque plus grand-chose. Mais, tout de même, *(à Jacques)* si tu veux mon avis, moi je pense comme ta mère. Les acrobaties, je trouve que c'est idiot, parce que c'est inutile...

JACQUES

Pour des pilotes de chasse, ce n'est pas inutile, au contraire.

MAZEL

(dans une brusque explosion d'amertume)

Enfin, c'est quand même inquiétant, quand on a élevé un fils jusqu'à vingt-quatre ans, de le voir en l'air dans une espèce de gros jouet bourdonnant, en train de faire la planche, la feuille morte, le tire-bouchon, et d'écrire des nœuds dans le ciel.

MME MAZEL *(sarcastique)*

Tu le reconnais, maintenant ?

MAZEL *(indigné)*

Comment, maintenant ? Moi, je l'ai toujours reconnu. Je lui ai toujours dit : « Je ne veux pas que tu fasses l'aviateur. Mécanicien de locomotive, d'accord, ça au moins, c'est posé par terre, et puis il y a les rails, on sait que tu ne peux pas te perdre. Mais voler en l'air ? Laisse donc ça aux papillons, aux hannetons, aux goélands de la Bretagne ! » Seulement Monsieur est bien ton fils, il a toute la figure du côté de ma famille. Pour le physique, c'est un Mazel du haut en bas. Mais pour ce qui est de la folie, c'est un pur Cassignol !

JACQUES *(ravi)*

Il y a eu beaucoup de fous chez les Cassignol ?

MAZEL

Beaucoup ? Mais, mon pauvre garçon, il n'y a eu que ça !... Ton grand-père – le père de Madame – tirait de temps en temps, après dîner, des coups de revolver sur la pendule, parce que sa femme avait un amant.

MME MAZEL

Qu'est-ce que tu ferais, toi, si je te trompais ?

MAZEL

Je ne sais pas ce que je ferais. En tout cas, je ne me vengerais pas sur l'horlogerie. Si tous les cocus tuaient les pendules, on ne pourrait plus savoir l'heure. *(À Jacques.)* Et les deux frères de Madame – tes oncles –, l'aîné est parti en Amérique avec un cirque : à cinquante mètres en l'air...

JACQUES

Sur un fil de fer, il poussait une brouette. C'était presque de l'aviation...

MAZEL

Oui, c'était une folie du même genre. Et l'autre, le cadet, était champion de France de nage sous l'eau. Il y restait trois ou quatre minutes : il se prenait pour un sous-marin ; et il avait raison, puisqu'un jour il a battu le record du monde. Il a plongé dans la calanque d'Envaux, il y a trente ans, et il n'est pas encore sorti aujourd'hui. Dans une famille comme celle-là, il ne manquait plus qu'un aviateur-acrobate : ne nous plaignons pas, nous l'avons.

Jacques sourit, hausse les épaules gentiment et mange sa soupe.

DANS LES CHAMPS

Il est six heures, fin avril. Le soleil se couche lentement. Le puisatier et Félipe rentrent du travail. Ils ont leur carnier à l'épaule. Le puisatier allume une cigarette avec un briquet à mèche d'amadou. Félipe est silencieux. Le puisatier tire deux ou trois bouffées de sa cigarette, qui est un peu trop molle. Tout à coup il s'arrête, regarde Félipe et repousse en arrière son chapeau.

LE PUISATIER

Ce que tu m'as dit, en mangeant, de ma fille, j'y ai pensé tout l'après-midi. Oui, en tirant les couffins d'en haut, j'y ai pensé. Et au fond, en tirant la barre à mine, j'y ai pensé.

FÉLIPE

Moi aussi, j'y ai pensé.

Un temps.

LE PUISATIER

Un jour, il faudra qu'elle se marie.

FÉLIPE *(innocent)*

C'est la nature qui le veut.

LE PUISATIER

Mais toi, quand tu m'en as parlé, tu avais une idée de derrière ta casquette. Tu m'as dit : « quelqu'un de votre métier ». Et puis : « qui habite pas loin de chez vous ». Tu as peut-être voulu parler de quelqu'un dans ton genre ?

FÉLIPE

Eh oui ! j'ai voulu parler de quelqu'un dans mon genre.

LE PUISATIER

Moi, franchement, un homme comme toi, ça me plairait – et je vais te dire pourquoi : tu es de mon métier. Tu connais les pierres, tu connais la poudre, tu sais où il faut faire la mine ; et puis tu sais piocher. Je t'ai jamais vu casser le manche d'un pic – et ça, c'est la marque du vrai mineur. Alors moi, si tu étais le mari de ma fille, tu me remplacerais un peu le garçon que j'ai pas pu avoir, et à toi, je te donnerais tous mes secrets : les secrets des vieux puisatiers qui me viennent de mon grand-père – et lui, c'était un bohémien qui les lui avait donnés, un soir, sous un pin, au bout d'une colline pointue. *(Mystérieux.)* Parce qu'il n'y a pas que la montre. Il y a aussi d'autres choses, des choses que je fais quand je suis seul, le matin, avant que tu arrives. Ce sont les Secrets. Et toi, tu le comprendrais, si je t'expliquais, parce que tu es un bon homme. Moi, j'ai jamais rien eu à te reprocher, à part tes idées sur la baguette.

FÉLIPE *(véhément, il est prêt à renier sa mère)*

Oh, mais je les ai plus, mes idées sur la baguette ! Depuis tout à l'heure, je les ai plus.

LE PUISATIER *(sarcastique)*

Mais tu as encore la baguette dans ton carnier.

Félipe ouvre son carnier, en tire la baguette, la brise et la jette au loin. Pascal fait le signe de l'exorcisme. Les deux mains fermées, sauf l'index et le petit doigt qui se dressent comme des cornes. Il pointe à plusieurs reprises ces quatre doigts vers l'endroit où est tombée la baguette maudite.

LE PUISATIER

Maintenant, j'ai plus rien à te reprocher. Et si ma fille était une fille comme les autres... *(Il rêve un instant.)* Seulement, dans le fond, elle n'est pas du tout dans notre genre. Tu me comprends ?

FÉLIPE

Eh oui ! je vous comprends.

LE PUISATIER

Elle parle français, avec l'accent français, comme un ministre. Elle mange avec la fourchette.

FÉLIPE

Oh ! mais moi, ça ne me gêne pas de manger avec la fourchette.

LE PUISATIER

Je sais. Je sais. Tu es moderne. Mais elle, elle est tout le temps à se laver les mains, et à se coiffer, et à se coudre des robes. C'est une princesse, tu comprends ?

FÉLIPE *(avec un immense respect)*

Oh ! ça oui : c'est une princesse.

LE PUISATIER *(inquiet)*

Tu te vois, toi, d'être le mari d'une princesse ?

FÉLIPE

Je m'y vois pas bien, mais j'en ai envie.

LE PUISATIER *(pensif)*

Seulement, si je ne te la donne pas, je risque de la perdre en plein. *(Brusquement épouvanté.)* Et imagine un peu, qu'un jour, ici, il passe un prince ? S'il la voit – ah, canaille ! – et me la prend, il se la marie, et il me l'emporte dans un palais d'Amérique ou de Toscane, et je ne la vois jamais plus...

FÉLIPE

Heureusement, des princes, il n'y en a plus guère.

LE PUISATIER *(avec force)*

Tant mieux ! Mais il y a des officiers, des médecins, des dentistes, des percepteurs... Il faut se méfier...

FÉLIPE

Oh oui ! il faut se méfier. C'est pour ça que si elle était mariée – avec moi – ça ne risquerait plus rien.

LE PUISATIER

Ça, c'est vrai – parce qu'elle est honnête comme l'eau de source : et si elle te disait OUI, ça serait OUI pour toujours.

FÉLIPE *(en extase)*

Oh, canaille ! Si elle me disait oui !

LE PUISATIER

Et pourquoi pas ? *(Un temps.)* Seulement, toi, tu parles de te marier, mais il faudrait savoir si tu as les économies.

FÉLIPE

J'ai les économies, et puis j'ai encore autre chose : j'ai fait un héritage.

LE PUISATIER
(il s'arrête, prodigieusement intéressé)

Tu as fait l'héritage ? Il est gros ?

FÉLIPE *(avec une fierté paisible)*

Dix-huit mille francs. Ma tante de Rognac. Elle est morte il y a six mois, et avant-hier le notaire m'a donné dix-huit mille francs, et comme j'avais treize mille francs d'économies...

LE PUISATIER *(admiratif)*

Tu as trente et un mille francs ?

FÉLIPE

Non, trente, parce que j'ai acheté l'automobile.

LE PUISATIER

Tu as l'automobile ? Oh, Vierge Sainte ! il a l'automobile ! Tu l'as payé combien ?

FÉLIPE

Huit cents francs et deux cents francs de réparation : ça fait mille.

LE PUISATIER

Mille francs pour l'automobile ? *(Un peu inquiet.)* Quand même, il ne doit pas être bien gros ?

FÉLIPE

Bien sûr, ce n'est pas un car. Mais enfin, elle a deux places et elle marche. Elle fait un peu de bruit, mais elle marche. *(Orgueilleux.)* Et puis, ma maison est à moi et à ma sœur, et c'est à côté de chez vous.

Le puisatier réfléchit longuement tout en marchant sur son ombre, parce que le soleil est derrière lui. Enfin, il se décide à parler.

LE PUISATIER

Félipe, moi j'ai une amitié pour toi. Et puis, surtout, je ne veux pas perdre ma fille, alors je t'aiderai, si c'est possible. Seulement, il faut d'abord savoir si ça lui plaît à elle.

FÉLIPE

Eh oui ! il faudrait savoir. Vous ne voulez pas lui en parler ?

LE PUISATIER

Oh, moi non ! Dieu garde ! Je lui donnerais bien une gifle s'il fallait. Mais lui parler de ça... Oh non ! J'ai honte.

FÉLIPE *(tout rouge)*

Moi aussi, j'ai honte.

LE PUISATIER

Toi, tu as dix kilos de cheddite dans le carnier, qui peut faire sauter toute la ville, et tu as peur de parler à la fille ?

FÉLIPE

J'essaierai. Même, si vous voulez, j'essaierai demain.

LE PUISATIER

Tu viendras à la maison ?

FÉLIPE

Demain, il y a une grande fête d'aviation à Salon. J'ai un ami, qui est mécanicien à l'École de l'air. Il m'a donné les billets. Alors, si vous voulez, demain, je viens la chercher avec l'automobile.

LE PUISATIER *(soupçonneux)*

Tu sais conduire ?

FÉLIPE

J'ai appris au service militaire : je menais les camions.

LE PUISATIER

Oh ! Alors c'est facile pour toi. Surtout que demain c'est dimanche, et puis elle aura le chapeau. Toi, tu auras l'automobile ; et elle, elle aura le chapeau. Ça sera très joli. Alors, là-bas, tu peux lui parler. Tu lui fais boire la bière, la limonade, et puis tu lui parles. Moi, j'ai fait comme ça pour sa mère. Pour te dire la vérité, moi, j'avais aussi peur que toi. Parce qu'elle était belle, sa mère.

FÉLIPE

Elle était aussi belle qu'elle ?

LE PUISATIER

Oh là là ! Elle était bien plus belle ! Si tu l'avais vue. La petite, elle est jolie, mais sa mère ! C'était une femme comme ça ! *(Et arrondissant ses deux bras devant lui, il évoque une poitrine monstrueuse. Puis, confidentiel.)* Et elle avait des reins comme une jument de cinq mille francs !

DANS LA SALLE À MANGER DU PUISATIER

Patricia fait manger une petite fille de quatre ans. Une jeune fille de dix-sept ans, près d'une petite table, travaille à une robe, en compagnie d'une autre fille de quinze ans. Une fillette de douze ans et une autre de huit ans font leurs devoirs, sur un coin de la grande table entre deux assiettes. Les six filles s'appellent : Patricia, Amanda, Léonore, Marie, Isabelle et Roberte.

Roberte mange bien sa soupe, en levant les yeux au ciel, et en poussant, de temps à autre, de profonds soupirs.

Amanda fredonne en cousant. Léonore coud le bas de la robe sans rien dire.

La porte s'ouvre. Le puisatier entre. Il est suivi de Félipe qui a l'air gêné. Le puisatier sourit, et quitte sa musette, qu'il suspend à un clou, près de la porte.

FÉLIPE

Bonsoir, la famille !

AMANDA

Bonsoir, Félipe.

LE PUISATIER *(à Patricia)*

Il vient te faire une surprise... Comme tu as dit que c'était ta fête aujourd'hui, il vient pour t'offrir quelque chose. *(À Félipe.)* Dis-le-lui.

FÉLIPE *(il rit, tout rouge)*

Peut-être qu'elle ne voudra pas.

PATRICIA

Qu'est-ce que je ne voudrai pas ?

FÉLIPE

J'ose pas le dire. C'est lui qui m'a dit de vous le dire. Parce que moi, le toupet, j'en ai guère. Quoique, puisqu'il donne la permission...

PATRICIA

Quelle permission ?

LE PUISATIER *(gaillard)*

Dis-lui, bestiari ! Tu sembles un santon !

AMANDA *(émue)*

C'est si grave que ça ?

LE PUISATIER

Mais non, c'est pas grave ! Il a fait l'héritage ; il a acheté l'automobile...

AMANDA *(en extase)*

C'est vrai, Félipe ? Tu as l'automobile ?

FÉLIPE

Oui. Et puis j'ai les billets pour aller à l'aviation.

AMANDA

Quand ?

FÉLIPE

Demain, à Salon. *(À Patricia.)* Alors, je me suis pensé – avec la permission de votre père, bien entendu – et surtout si c'est votre plaisir – que vous veniez avec moi, dans l'automobile. C'est pour ne pas jeter les billets.

LE PUISATIER *(à Patricia)*

Si tu veux y aller, moi, je ne dis pas non. Félipe, je le connais, j'ai confiance. Si tu veux y aller...

PATRICIA *(à Félipe)*

Vous êtes bien gentil, mais justement, demain, je ne peux pas.

AMANDA

Pourquoi ?

PATRICIA

Demain, après-midi, il faudra couler la lessive.

FÉLIPE *(consterné)*

Ah là là ! Je me doutais bien qu'il y aurait quelque chose... *(Au puisatier.)* Il faut qu'elle coule sa lessive...

LE PUISATIER

Tu ne peux pas le faire un autre jour ?

PATRICIA

Oh non ! je suis déjà en retard. Et puis, ma robe n'est pas prête...

AMANDA

Il ne reste plus guère à y faire. Moi, la mienne, de robe, elle est prête. J'aimerais bien, moi, voir les aviateurs.

LE PUISATIER

Toi, tais-toi. Les filles de seize ans n'ont pas besoin de monter dans les automobiles. *(Tragique.)* Si tu montes dans une automobile à ton âge, je te casse un bras.

AMANDA

C'est pas vrai.

LE PUISATIER

Comment, c'est pas vrai ? Essaie un peu, et tu verras ! Et puis d'abord, dans les automobiles, on ne te veut pas : tu aurais trop peur. *(À Patricia.)* Alors, toi, tu dis non ?

PATRICIA

J'aimerais y aller, mais je ne peux pas.

FÉLIPE

Tant pis. Ça sera pour une autre fois. En tout cas, demain, je vous ferai voir l'automobile. Alors, tant pis...

LE PUISATIER

Tant pis. Ça sera pour une autre fois.

AMANDA *(à Félipe)*

Tu ne restes pas à dîner ?

FÉLIPE

Non, non, pas ce soir, ma sœur m'attend...

ROBERTE

Tu sais, il y a un bon dîner.

LÉONORE

Quand il y en a pour sept, il y en a pour huit...

FÉLIPE

Non, je suis pas rasé, j'ai pas mis la cravate, j'ai pas le chapeau. Non, pas ce soir.

LE PUISATIER

Il est drôle celui-là. Pour manger, il lui faut le chapeau !

AMANDA

Aujourd'hui, c'est la fête de Patricia.

FÉLIPE

Bien sûr que si elle me disait de rester, je resterais... Ça, bien sûr. Seulement, elle me le dit pas...

PATRICIA

Mais oui, je vous le dis... On va vite mettre un couvert de plus... Marie, mets un couvert de plus...

FÉLIPE *(avec véhémence)*

Alors, merci. Je voulais pas m'inviter, n'est-ce pas. Mais, si on m'invite, c'est de bon cœur. C'est de très bon cœur.

AMANDA

Et ta sœur ?

FÉLIPE *(il rit)*

Elle est partie chez l'oncle Rodrigue, à Rognac. Quand j'ai dit qu'elle m'attendait, c'était un mensonge de politesse, c'est comme les docteurs, des fois, il y a un pauvre vieux qui va mourir, et il a déjà les mouches sur l'œil ; et les docteurs disent : « Grand-père, vous en avez encore pour vingt ans ! » C'est la politesse.

LE PUISATIER *(ému)*

Tu es délicat, Félipe. C'est très délicat ce que tu dis. Mais ce CHAPEAU ? Pourquoi tu voulais un CHAPEAU pour manger ?

FÉLIPE

C'était pas pour manger, c'était pour entrer. Quand c'est la fête de quelqu'un, on met le CHAPEAU. C'est pour dire bonjour quand on entre. Ça fait bien.

AMANDA

Oh, les chapeaux des hommes, personne ne les remarque !

LE PUISATIER *(au comble de la joie)*

C'est pas comme les CHAPEAUX des femmes ! Les CHAPEAUX des femmes, c'est joli, c'est frappant !

FÉLIPE *(gravement)*

Surtout avec les fleurs et les oiseaux ! Mais ça coûte cher !

AMANDA

Quand c'est beau, c'est jamais trop cher.

PATRICIA

Marie, va coucher Roberte. Moi, je vais sortir la marmite du feu.

Marie a pris Roberte, elle monte l'escalier. Patricia va à la cheminée, elle ôte le couvercle du chaudron de cuivre. Elle remue la soupe fumante.

Pendant qu'elle a le dos tourné, le puisatier et Félipe font des signaux à Amanda. Le puisatier chuchote : « Le chapeau... Sur la table... Mets-le sur la table. » *Pendant que Patricia, à la cheminée, remplit la soupière, Amanda prend un grand sac de papier, qui était caché derrière le buffet, et le pose au milieu de la table. Puis elle reprend son ouvrage. Le puisatier et Félipe parlent à très haute voix.*

LE PUISATIER

Je vais te dire, Félipe : l'argile verte, c'est le plus mauvais. Quand tu en as une couche entre deux pierres, tout d'un coup, la pierre du dessus elle glisse, et elle te tombe sur la tête !

FÉLIPE

Elle te sert de CHAPEAU !

Le puisatier rit bruyamment. Les sœurs regardent tour à tour Patricia qui s'avance, portant la soupière à deux mains, et le sac de papier, au milieu de la table. Patricia, qui allait poser la soupière, regarde le sac.

PATRICIA

Qu'est-ce que c'est ?

LE PUISATIER *(naïf)*

Oui, qu'est-ce que c'est ? C'est toi qui as apporté ça, Félipe ?

FÉLIPE *(parfaitement innocent)*

Non, c'est pas moi. Et je ne sais pas ce que c'est.

LE PUISATIER

Et toi, Amanda, tu sais ce que c'est ?

AMANDA

Non, père. J'en sais rien du tout...

Patricia a posé la soupière à côté du sac. Elle prend le sac, elle l'ouvre rapidement, et elle en tire un chapeau étonnant par sa naïveté prétentieuse. C'est une paille noire, sur laquelle fleurissent abondamment des lilas et des coquelicots. Sur cette touffe de végétaux, une hirondelle naufragée, le bec ouvert. Patricia le regarde un moment, puis elle va embrasser son père.

PATRICIA

Merci, père.

LE PUISATIER

Moi, je ne sais pas ce que c'est, mais ça me fait plaisir que tu m'embrasses, et puis c'est un joli chapeau. Le plus joli, c'est l'oiseau. Il semble qu'il va chanter.

PATRICIA *(à Amanda)*

C'est toi qui l'as choisi ?

AMANDA

Oui. Il te plaît ?

PATRICIA

Oui, il me plaît. Est-ce qu'il ne fait pas trop riche pour aller avec ma robe ?

AMANDA

Oh non ! Elle est toute plissée à la machine, ta robe. Elle fera assez riche pour ce chapeau...

LE PUISATIER

Eh bien, qu'est-ce que tu attends ? Il faut te le mettre sur la tête, pour voir l'effet.

PATRICIA

Oh non, père ! pas maintenant. Il faut que je me coiffe, et il faut que j'aie la robe. Je le mettrai demain, pour aller à la messe.

LE PUISATIER

C'est ça.

FÉLIPE

Et vous auriez pu le mettre pour venir à l'aviation...

PATRICIA

Eh oui... J'aurais pu le mettre, mais je ne peux pas.

FÉLIPE

Vous savez, c'est des billets qui coûtent vingt-cinq francs chacun. Je les ai pas achetés : c'est un ami qui me les a donnés.

AMANDA

Des billets de vingt-cinq francs ? Ils sont peut-être faux !

FÉLIPE

Oh, que non ! C'est mon ami Imbert qui me les a donnés. Imbert, il est dans l'aviation : c'est le mécanicien de Mazel, Jacques Mazel, le fils du bazar.

PATRICIA *(elle regarde Félipe, intensément)*

Et qu'est-ce qu'il fait, dans l'aviation, le fils du bazar ?

FÉLIPE

Eh bien, c'est un pilote. Il est même officier. Il est allé aux grandes écoles. Demain, il va voler, dans ce métingue. Il fera des acrobaties : c'est sur le journal.

AMANDA

Et où tu l'as connu, toi, le fils du bazar ?

FÉLIPE

Quand nous étions petits, à l'école communale. Ah ! maintenant, c'est un monsieur...

LE PUISATIER

Pense ! Un officier !

FÉLIPE

Mais il est resté bien gentil quand même. Demain, s'il me voit, de tout sûr qu'il me dira bonjour. Alors, vous comprenez, Patricia, moi, ça me ferait un grand honneur s'il me voyait avec une fille aussi belle que vous...

LE PUISATIER

Surtout avec ce chapeau !

FÉLIPE

Je comprends !

AMANDA

Et avec la robe !

PATRICIA

Et avec l'automobile !

FÉLIPE

Oh ! l'automobile, j'y compte pas trop pour l'étonner... C'est vous, surtout, que ça me ferait du bien dans son idée... Amanda peut pas faire la lessive avec Éléonore ?

PATRICIA *(à Amanda)*

Ça ne te fait rien, toi, si je te laisse tout le travail ?

AMANDA

Moi ? Ça me ferait plaisir, au contraire, de penser que tu t'amuses un peu. Pour une fois que ça t'arrive...

PATRICIA

Eh bien... J'irai. Merci, Félipe.

FÉLIPE

C'est moi qui vous dis merci. Et vous savez, je serai pas habillé comme ça. Je ne dis pas que je vous ferai honneur, parce que dans la lumière que vous faites, je sais qu'on ne me verra pas. Mais je veux dire que je serai convenable, et propre. Enfin, bien comme il faut, voilà.

LE PUISATIER

Allez, la marmaille ! À table, que la soupe refroidit.

Tous se mettent à table.

LE PUISATIER

Moi, je le savais qu'elle irait. Et si elle a changé d'avis, c'est à cause du chapeau. Quand on a un chapeau comme ça, c'est pas pour faire la lessive. *(Un temps. On commence à manger la soupe. Puis le puisatier regarde la tablée en souriant.)* Quand même, quand on est deux hommes à table, il n'y a pas à dire, c'est plus gai.

LE LENDEMAIN
À DEUX HEURES DE L'APRÈS-MIDI

Dans un jardin, M. Mazel et sa femme, près d'une table desservie, sont installés dans des chaises longues. Auprès d'eux, un autre commerçant de Salon – c'est le teinturier – est debout, le chapeau sur la tête.

LE TEINTURIER

Alors, vous ne venez pas ?

MAZEL

Oh non ! Je ne désire pas voir mon fils faire des acrobaties que le journal qualifie de périlleuses.

LE TEINTURIER

Mais c'est du bluff ! C'est pour attirer le public ! En réalité, il n'y a aucun danger !

MAZEL

Pour vous.

LE TEINTURIER *(sérieusement)*

Le danger est aussi grand pour moi, spectateur, que pour votre fils !

MME MAZEL

Comment ça ?

LE TEINTURIER

S'il tombe, il faudra bien qu'il tombe quelque part, et il risque de tomber sur moi !

MAZEL

J'aimerais mieux qu'il tombe sur vous que sur une vache : vous au moins, vous n'avez pas de cornes...

MME MAZEL *(sombre)*

Et ça, encore, on n'en sait rien.

LE TEINTURIER *(soulagé)*

Vous voyez bien que vous n'avez pas si peur que ça, puisque vous faites des plaisanteries...

MAZEL

Oh ! des plaisanteries... des plaisanteries d'agonisants...

MME MAZEL *(exaspérée)*

Ne dis pas des mots pareils, ou je prends une crise de nerfs.

LE TEINTURIER

Alors, vous ne venez pas ?

MAZEL

Non. Elle veut tuer le colonel. Ça me ferait des ennuis pires que le chiffre d'affaires...

LE TEINTURIER

Bon. Alors, je vous téléphonerai dès que ça sera fini...

MME MAZEL

Dès qu'il aura mis le pied par terre.

LE TEINTURIER

Je vous le promets.

Il s'en va, gaillard et joyeux.

MME MAZEL *(à voix basse)*

On fait un enfant, on souffre le martyre, on tremble pour les oreillons, la scarlatine, les dents de lait. On n'en dort pas la nuit pendant vingt ans, et puis voilà...

MAZEL *(brusquement)*

Et puis voilà quoi ? Tu es ridicule à la fin. Moi, je suis très heureux et très fier que notre fils soit ce qu'il est. Nous ne sommes que des boutiquiers, ma pauvre Marie. Nous avons passé notre vie derrière un comptoir, comme les bestiaux au râtelier. Ce que nous avons fait de plus remarquable, c'est quand nous avons acheté le Café Oriental pour nous agrandir, et ma dispute, en 1927, avec le percepteur. Eh bien, des gens comme nous, ça ne sert pas à grand-chose. Et c'est bien consolant de penser que ça a servi tout de même à faire un fils qui est beau comme un dieu, doré comme un astre, avec la poitrine large, les fesses petites, l'œil noir et les dents belles. Et ce fils qui aurait pu, grâce à nos économies, faire l'inutile toute sa vie, ce fils a voulu devenir officier. Et comme en restant par terre, ça n'était pas assez dangereux, il s'est fait aviateur : et, comme un aviateur ordinaire ne risque pas assez de se casser la figure, il s'est fait pilote de chasse et acrobate. Eh bien, tant mieux, c'est beau, ça me plaît, ça a de l'allure ; et c'est surtout quand on est rond comme une coucourde et qu'on a le cul qui traîne par terre – ce qui est un peu mon cas – qu'on doit se montrer fier d'être le père d'un aiglon.

MME MAZEL

Parce que toi, en dehors de ton fils, tu n'as rien fait ?

MAZEL

J'ai fait ce que j'ai pu.

MME MAZEL

Pendant la guerre de 14, tu n'étais pas à la bataille de Dixmude ?

MAZEL *(de très bonne foi)*

J'y étais parce qu'on m'y avait envoyé, sans me demander mon avis.

MME MAZEL

Tu n'es pas resté pendant des semaines, sous la neige, et dans la boue, avec tes doigts crevés d'engelures, et souvent de l'eau jusqu'au ventre ?

MAZEL

Oh, je n'étais pas le seul ! Et nous aurions tous préféré être étendus sur des chaises longues, sous les palmiers de la Côte d'Azur. Mais on nous avait dit qu'il fallait rester là, alors nous y sommes restés aussi longtemps qu'il a fallu.

MME MAZEL

Et ta médaille militaire, tu la portes parce que tu l'as trouvée dans la rue ?

MAZEL

Je la porte parce qu'on me l'a donnée.

MME MAZEL

Et on te l'a donnée parce que tu étais allé chercher sous le feu de l'ennemi un lieutenant...

MAZEL *(stupéfait)*

Mais c'était mon petit cousin ! C'était Maxime, l'épicier de Cogolin ! Tu finiras par voir de l'héroïsme dans une simple histoire de famille ! Mais qu'est-ce que c'est que ce romantisme féminin qui te prend brusquement sur le tard ? Moi, pendant ces quatre ans de guerre, je me suis appliqué à faire chaque jour ce qu'il y avait à faire. Je l'ai fait sans chiqué, sans trop me montrer, avec une grande sincérité, parce que je savais que c'était utile, parce qu'il y avait derrière nous un grand beau pays plein de femmes et d'enfants, avec des tas de petits clochers au milieu des vergers d'amandiers, au milieu des blés, au milieu des vignes. Je ne suis pas guerrier, je ne suis pas cocardier, je ne suis même pas ce qu'on appelle un « patriote ». Mais moi, qu'est-ce que tu veux, la France, ça me plaît. Allons, Marie, il ne faut rien exagérer ! Tandis que notre fils, ce qu'il a fait, il l'a voulu, il l'a choisi, et ça, c'est infiniment plus brillant, et plus glorieux, et plus dangereux ! Moi, quand j'étais dans les tranchées, j'étais au-dessous du niveau du sol, je risquais pas de tomber plus bas ! Et puis, lui, c'est un enfant : il a vingt-cinq ans !

MME MAZEL

Toi aussi, tu avais vingt-cinq ans !

MAZEL

Oui, mais moi, j'étais mûr, j'étais homme... Tandis que lui... Je ne sais pas si c'est de notre faute, ou si c'est qu'on les a nourris au biberon, ou si c'est l'air du siècle, mais, franchement, les garçons de vingt-cinq ans d'aujourd'hui, moi, je les vois comme des enfants... Et je suis fier que ce garçon, avec le sourire et le courage de l'enfance, soit, en ce moment même, en train de faire tout ceci. *(Il sort un programme de sa poche et le lit à haute voix.)*

« 1° – Virages pivotants verticaux (très dangereux). » *(Il regarde sa femme avec énergie.)* Ça, j'en suis fier.

« 2° – Tonneau d'ensemble de trois appareils. (L'appareil du milieu exécute un tonneau, les deux autres doivent tourner autour de lui dans un mouvement double.) »

(Avec moins de force.) Il va faire ça, à mille mètres en l'air. C'est peut-être inquiétant, mais j'en suis fier.

« Enfin, pour clôturer dignement cette manifestation, un feu d'artifice de bascules bouleversera le public. Car la bascule est déclenchée par une perte de vitesse au sommet d'une chandelle verticale. »

(Il dit faiblement :) Ça, j'en suis fier. Enfin, j'en serai fier à cinq heures.

Il se verse un verre de rhum.

DANS UNE RUE DE SALON

S'avance une pétaradante voiture : c'est une très vieille Quadrilette. Les roues arrière sont à peine séparées par un essieu de cinquante centimètres. L'une de ces roues, d'ailleurs, est assez oblique, l'autre est parfaitement perpendiculaire au sol, mais elle ne doit pas être exactement ronde, car à chaque tour la voiture passe sur une vague. En tout cas, si elle ne va pas vite, elle fait du bruit. Celui qui la conduit, c'est Félipe. Il a un très beau chapeau de feutre, un col dur, qui n'est peut-être pas assez grand, et une cravate à pois qui est large comme un drapeau, et qui flotte. Le col de son veston est trop bas, ce qui permet d'admirer le gros bouton de cuivre qui retient son faux col. Il conduit très sérieusement, et salue de la main des camarades qui le regardent passer, et qui sont assis à une table de café.

CHEZ LE PUISATIER, DANS LA CHAMBRE DE PATRICIA

Elle a mis la belle robe. Amanda finit de la coiffer. Sur une vieille commode, le chapeau enchanté.

AMANDA

Tu sais, je ne suis pas jalouse. Parce que Félipe, je sais que tu ne le voudras jamais. *(Patricia ne répond pas.)* Alors, peut-être, quand tu lui auras dit non, quand il sera fatigué de courir après toi, peut-être il pensera à moi. Mais il ne faut pas lui dire non tout de suite...

PATRICIA

Pourquoi ?

AMANDA

Peut-être il se marierait avec une autre : laisse-moi le temps de grandir...

DANS LE JARDIN DU PUISATIER

Le puisatier est assis sur une chaise, et il écoute la petite Marie qui lui fait la lecture du journal. Le puisatier soudain prête l'oreille, et il se lève. La voiture de Félipe, qui a tourné le coin de justesse, et qu'on entendait avant de la voir, s'avance et s'arrête, après trois petits sauts, devant la barrière du jardin. Le puisatier accourt. Il sort sur le trottoir de terre et s'approche du véhicule, qu'il regarde avec un peu d'étonnement. Félipe en descend.

FÉLIPE

Évidemment, ce n'est pas une voiture de course. Mais enfin, elle marche seule.

LE PUISATIER *(soupçonneux)*

Même à la montée ?

FÉLIPE

Oh oui ! même à la montée. Mais naturellement, les montées, elle aime mieux les commencer par en haut. Ça lui vient mieux.

LE PUISATIER

Tu peux pas l'empêcher de faire tant de bruit ?

FÉLIPE

Ah, ça non ! Ça, c'est le moteur. Ce sont les explosions. *(Il a prononcé ce mot avec fierté.)* Vous n'avez pas vu le moteur ? Attendez d'abord que je l'arrête.

Il tire sur un fil de fer.

Le moteur s'arrête en effet. Il y a un silence de quelques secondes, pendant lequel Félipe tend l'oreille. Puis une détonation pareille à un coup de fusil fait tressaillir toute la ferraille. Félipe sourit et dit gentiment : « Maintenant, il est arrêté. »

Il ouvre le capot avec beaucoup d'autorité. Le puisatier admire. Deux ou trois enfants du quartier examinent, d'un air scientifique, le minuscule moteur, qui est d'ailleurs rouge de rouille.

FÉLIPE

C'est là-dedans que se font les EXPLOSIONS.

Il referme le capot et, avec son mouchoir, il fait briller une aile dont la peinture est très inégale. Le puisatier se tourne vers la maison.

LE PUISATIER

Voilà Patricia.

En effet, Patricia suivie d'Amanda vient de sortir de la maison et elle s'avance dans le jardin. Elle porte sur la tête le chapeau neuf. Les sœurs l'admirent en silence. Félipe se découvre.

FÉLIPE

Bonjour, Patricia.

PATRICIA

Bonjour, Félipe.

LE PUISATIER

Elle est belle, hein ? On dirait une dame... *(À Félipe.)* Toi non plus, tu n'es pas mal...

FÉLIPE *(modeste)*

Oh !... C'est le costume qui fait tout.

LE PUISATIER

Le costume et l'automobile. Moi, qu'est-ce que tu veux, il me semble que tu es un richard qui vient me demander de creuser un puits !

Félipe rit comme il convient de cette excellente plaisanterie. Le puisatier rit encore plus fort. Et, peu à peu, des voisins s'avancent pour admirer la voiture, Félipe et le chapeau.

PATRICIA

Alors, nous partons ? Il est presque deux heures !

AMANDA

Tu languis de te faire voir par les aviateurs !

PATRICIA

Eux ne me verront pas, mais moi, je veux les voir voler !

FÉLIPE

Montez, Patricia. Mettez-vous là... seulement, il vaudrait mieux quitter le chapeau pour le voyage...

LE PUISATIER *(outré)*

Quitter le chapeau ?

FÉLIPE

À cause du vent de la vitesse.

PATRICIA

Je peux mettre mon foulard sur mes cheveux ?

AMANDA

Oh oui ! mets-le, ça te va très bien.

LE PUISATIER

Tu ne vas pas marcher trop vite, au moins ?

FÉLIPE

Ah ! si nous sommes pressés, moi, j'appuierai sur le champignon ! Je vous préviens...

LE PUISATIER *(effrayé)*

Le champignon ? Fais bien attention aux champignons, Félipe : celui qui ne les connaît pas, il est vite empoisonné ! *(À sa fille.)* Ne mange rien, et surtout pas de champignons, et, de toute façon, respecte-toi.

PATRICIA

Oui, père.

Pendant ce temps, Félipe a pris la manivelle, qui est énorme, et il met la voiture en marche. Il tourne si vigoureusement que, par instants, les roues d'avant quittent le sol. Enfin, le moteur pétarade. Il bondit au volant.

LE PUISATIER

Et ne rentrez pas plus tard que huit heures !

FÉLIPE

D'accord.

La voiture démarre en trois sauts, et s'éloigne, tandis que toute la famille les regarde partir. Le puisatier se tourne vers Amanda.

LE PUISATIER

Ce n'est pas pour dire du mal des vieilles choses, mais cet automobile, moi, je ne le trouve pas beau. C'est vrai qu'il marche, puisqu'il est parti, mais il n'est pas beau.

AMANDA

Moi, je m'en contenterais.

ÉLÉONORE

Surtout que c'est Félipe qui conduit !

Elle se sauve. Amanda rougit et hausse les épaules.

SUR LE TERRAIN D'AVIATION

Plans de la foule, les yeux levés, pendant qu'on entend le bruit d'un moteur d'avion. Plans d'un avion qui lâche des parachutistes. Le haut-parleur fait des annonces, et commente les exercices. Les monoplans de l'escadrille d'acrobatie aérienne.

On voit Jacques Mazel, dans son avion, qui va décoller.

On voit Félipe et Patricia sur les gradins.

Puis les ovations de la foule.

Félipe entraîne Patricia pendant que les gens se lèvent pour partir.

FÉLIPE

Venez vite, autrement la foule va nous emporter, et nous ne le trouverons pas. Je sais où c'est : venez !

DEVANT LA CANTINE DE L'AÉRODROME

Il y a là des officiers de tous grades, en tenue de ville. D'autres arrivent, souriants, en tenue de vol. Un colonel d'aviation est sur la porte du bar.

Le jeune Mazel s'avance, entre deux amis.

LE COLONEL

C'est très bien, Mazel. C'était presque imprudent.

JACQUES

Merci, mon colonel.

Il s'en va vers les vestiaires. Félipe court derrière lui. Patricia suit d'assez loin.

FÉLIPE

Jacques ! Jacques !

JACQUES *(il se retourne)*

Tiens ! Félipe ! Qu'est-ce que tu fais là ?

FÉLIPE

Je viens de t'admirer, mon vieux...

JACQUES

Ça t'a plu ?

Jacques Mazel n'est pas ennuyé de voir un vieux camarade de la communale. Mais il n'est pas ravi non plus, et il lui répond en marchant, comme quelqu'un qui veut s'en aller sans prendre congé.

FÉLIPE

Tu peux dire que ça m'a épaté. Toi, surtout. Tu as été extraordinaire.

JACQUES

Tu sais, ces acrobaties, ça fait toujours beaucoup d'effet, mais ça n'est pas tellement difficile...

FÉLIPE

Il faut quand même un drôle de courage pour se promener là-haut, la tête en bas... Il faut dire que moi, ça me fait plus d'effet qu'à un autre : moi, au fond du puits, je suis plus loin du ciel que tout le monde... Alors, quand je te vois traverser les nuages... *(Il l'arrête par le bras.)* Dis, si ça ne te fait rien, je voudrais te faire voir à une amie... la fille de mon patron.

JACQUES

Elle est jolie, au moins ?

FÉLIPE

Extra... Té ! regarde-la.

Patricia, qui avait ralenti sa marche vers eux, et qui paraît gênée, vient de s'arrêter tout à fait. Jacques Mazel la regarde. Il la reconnaît, il est tout à coup très intéressé, et ne songe plus à s'enfuir. Il s'avance vers elle.

JACQUES *(à Félipe)*

Présente-moi.

Félipe, très fièrement, s'avance vers la jeune fille.

FÉLIPE *(à Patricia)*

C'est Jacques. *(À Jacques.)* C'est Patricia, la fille de mon patron.

JACQUES *(il feint de ne pas la reconnaître)*

Bonjour, mademoiselle !

PATRICIA

Bonjour, monsieur !

JACQUES

L'aviation vous intéresse donc, mademoiselle ?

PATRICIA

C'est la première fois que je viens ici. J'ai eu très peur.

JACQUES

C'est gentil d'avoir peur pour les aviateurs !

FÉLIPE *(enthousiaste)*

Ah, tu sais, elle a bon cœur ! Ce qu'elle peut faire pour sa famille, c'est incroyable !

JACQUES *(il regarde Patricia bien en face)*

Je devine qu'elle doit porter le déjeuner à son père, à midi.

FÉLIPE *(stupéfait et ravi)*

Qui te l'a dit ?

JACQUES *(très sérieux,*
et comme s'il résolvait un problème)

Tu m'as dit que ton patron est puisatier, et que c'est sa fille. Que peut faire la fille du puisatier pour aider son père ? Elle lui porte son déjeuner. Je la vois qui part à travers champs, sans doute avec un panier couvert d'une serviette, peut-être avec de gros souliers – pas si jolis que ceux-là, bien sûr – et même, en route, elle cueille une fleur des champs pour la piquer dans ses cheveux. Ce n'est pas ça ?

FÉLIPE *(émerveillé)*

C'est exactement ça ! *(À Patricia.)* Vous voyez la force du raisonnement ! Il vous raconte ça comme s'il l'avait vu !

JACQUES *(très gai)*

Et dans l'aviation, nous sommes tous comme ça... *(À Félipe.)* À propos, sais-tu qui pilotait l'avion des parachutistes ? C'est Rémy.

FÉLIPE *(avec une surprise joyeuse)*

Rémy Casse-Assiette ?

JACQUES

Mais oui, c'est lui. Il serait bien content de te voir. Il doit être à la douche.

FÉLIPE

Si je l'attends, je vais peut-être le voir passer ?

JACQUES

Il risque de sortir par une autre porte. Va vite aux douches : c'est le bâtiment 4, à droite. Je t'attends ici avec Mademoiselle.

FÉLIPE *(à Jacques)*

Je te la confie. *(À Patricia.)* Je ne peux quand même pas vous mener aux douches des aviateurs !

JACQUES *(offusqué)*

Ce ne serait guère convenable !

FÉLIPE

Je reviens tout de suite.

JACQUES

Tu peux prendre ton temps. Elle ne risque rien !

Félipe est parti en courant. Jacques et Patricia restent seuls. Ils sont déjà complices, puisqu'ils ont feint de ne pas se connaître. Il la regarde, avec son très joli sourire. Elle sourit aussi, un peu confuse.

JACQUES

C'est votre fiancé ?

PATRICIA

Non. Il voudrait bien, mais moi je ne veux pas.

JACQUES

Naturellement. Vous n'êtes pas née pour vivre dans ce milieu – ni même sous ce chapeau.

PATRICIA *(elle ôte son chapeau)*

La première fois que je vous ai vu, vous m'avez reproché mes souliers. Aujourd'hui, c'est mon chapeau qui vous déplaît ?

JACQUES

Je ne lui reproche qu'une chose, il m'empêche de voir vos cheveux. Sans cela, il me plairait beaucoup.

PATRICIA

Il vient de Paris-Chapeaux.

JACQUES *(grave)*

Ça se voit. Vous allez rester avec Félipe toute la journée ?

PATRICIA

Jusqu'à sept heures, et après, il faudra rentrer.

JACQUES

Si vous alliez rendre visite à votre tante ?

PATRICIA

Quelle tante ?

JACQUES

Votre tante de Salon.

PATRICIA *(étonnée)*

Je n'ai pas de tante à Salon. Je n'en ai qu'une, et elle habite Fuveau.

JACQUES

C'est bien dommage. Si vous aviez eu une tante ici, vous auriez pu dire à Félipe que vous alliez la voir, et j'aurais pu vous rencontrer par hasard derrière l'église Saint-Laurent.

PATRICIA

Pour quoi faire ?

JACQUES

Pour bavarder. Vous m'auriez peut-être permis de vous offrir quelques pâtisseries et un verre de porto.

PATRICIA *(choquée)*

Vous, au moins, vous n'avez pas peur !

JACQUES *(calmé)*

Les aviateurs n'ont jamais peur. Et puis, dans les pâtisseries il y a du monde – et si vous vouliez me faire du mal, je peux crier, on me défendrait.

Patricia paraît songeuse.

PATRICIA

Vous dites des bêtises.

Elle fait encore quelques pas, puis elle raisonne, elle commence à discuter.

PATRICIA

Si je vous écoutais, et que j'aille avec vous dans cette pâtisserie, tout le monde le saurait.

JACQUES

Jamais de la vie. Puisque vous avez quitté votre chapeau, personne ne vous reconnaîtra. Avec votre accent, on ne saura pas que vous êtes d'ici. Je dirai que vous êtes parisienne.

PATRICIA

Tout ça est très gentil. Mais si je raconte à Félipe que je suis allée voir ma tante, demain, au fond du puits, il en parlera à mon père.

JACQUES

Parce qu'il ne sait pas que votre père est fâché avec votre tante ! Mais si vous le prévenez ? Si vous lui dites : « Mon père m'a défendu de voir ma tante, parce qu'ils sont fâchés depuis longtemps à cause d'une histoire d'héritage... seulement, moi, ma tante, je l'aime beaucoup – parce que c'est la sœur de ma mère – et il faut absolument que j'aille la voir – quelques minutes – enfin une heure. Mais il ne faut pas le dire à mon père. » Je suis sûr qu'il ne dira rien.

PATRICIA

Dans toute votre histoire, il n'y a pas un mot de vrai.

JACQUES

Par conséquent, ça tient très bien debout. Je connais Félipe, il avalera ça d'un seul coup. Et vous venez derrière l'église Saint-Laurent où je vous attendrai à quatre heures vingt.

Patricia réfléchit encore. Ce garçon est beau, et puis, dans une pâtisserie, on ne risque rien. Mais elle pense aux bonnes sœurs, et à sa famille.

PATRICIA

J'aimerais pouvoir y aller, mais il ne faut pas que j'y aille.

JACQUES

Même si je dois vous révéler un secret ?

PATRICIA

Quel secret ? Et si vous avez un secret, pourquoi me le dire à moi ?

JACQUES

Un secret, ça n'a pas besoin de raisons. Et si j'ai un secret à vous confier, à vous personnellement, je ne peux pas vous le dire ici. Je vous le dirai si vous venez à quatre heures vingt, derrière l'église Saint-Laurent.

PATRICIA

Oh non !... je n'irai pas. Je ne peux pas, non.

JACQUES

Alors, moi non plus, je n'irai pas. Voilà Félipe !

En effet, Félipe s'avance. Il rit avec sa bonne figure d'enfant.

JACQUES

Alors, tu as vu Rémy ?

FÉLIPE

Oui, je l'ai vu. Il était tout nu et tout joyeux. Il a été gentil comme tout. Ça fait plaisir... Les vieux amis ne m'ont pas oublié... Et pourtant, moi je fais des trous dans la terre, et eux, ils font des trous dans le ciel... Je suis comme une taupe, et eux, c'est des oiseaux... Rémy m'a dit : « Je voudrais bien boire l'apéritif avec toi, au Café Oriental. Mais je n'y serai pas avant sept heures, parce que j'ai rendez-vous avec une fille ravissante... »

JACQUES *(il feint d'être surpris et choqué)*

Il a un rendez-vous ?

FÉLIPE

Oui.

JACQUES

Et avec qui ?

FÉLIPE

Il m'a dit « une fille ravissante ».

JACQUES

Et où ça ?

FÉLIPE

Devant l'église Saint-Laurent.

JACQUES *(sur un ton de blâme)*

Avec une fille ?

FÉLIPE

Parbleu ! Et il avait l'air bien content !

JACQUES *(sévère)*

Je l'aurais cru plus sérieux.

FÉLIPE

Voyons, Jacques, tu es si sévère que ça ? Un jeune aviateur avec une belle fille, ça te choque ?

JACQUES

Enfin, devant une église, ou même derrière une église, c'est presque correct.

Patricia ne peut s'empêcher de sourire.

FÉLIPE

Voyons ! C'est tout ce qu'il y a de plus normal !

PATRICIA

Pour le garçon peut-être. Mais pour la fille ? Vous trouvez naturel qu'elle y aille ?

FÉLIPE

Il n'y a rien de plus naturel ! C'est la vie, ça ! C'est la jeunesse ! Ces jeunes hommes viennent de risquer de se casser la figure, ils ont vingt-cinq ans, ils sont beaux comme des statues d'église, c'est naturel qu'ils attirent les filles !

PATRICIA

Mais cette fille qui va au rendez-vous de votre ami, elle le connaît peut-être depuis longtemps !

FÉLIPE *(presque égrillard)*

Si elle ne le connaît pas, eh bien, ils feront connaissance !

JACQUES *(sévère)*

Félipe, je suis très étonné que le père de Mademoiselle ait eu l'imprudence de te la confier !

FÉLIPE *(gravement)*

Jacques, celle-là ne risque rien, parce qu'elle n'est pas comme les autres. Mais, même si le cas était différent, même si c'était une fille sans morale et un peu fadade, eh bien, je la ramènerais comme je l'ai prise : parce que ce qu'on me confie, c'est sacré...

JACQUES

Oh ! tu dis ça, mais tu es un coureur de première force : j'ai connu au moins deux demoiselles à qui tu as donné des rendez-vous... Oui, mademoiselle ! Donc, méfiez-vous du bon apôtre. Et maintenant, excuse-moi, mon vieux Félipe. J'ai un rendez-vous, moi aussi. C'est à quatre heures vingt, et il est quatre heures.

FÉLIPE

Mais toi, je suis sûr que ce n'est pas devant l'église.

JACQUES

Ah non ! pas devant l'église. D'abord, devant l'église, si la personne que l'on attend ne vient pas, tout le monde vous voit faire le poireau : ce n'est pas mon genre. Alors, excusez-moi, mademoiselle. Au revoir, Félipe : je te verrai peut-être dans la soirée...

Il s'en va, jeune, à grands pas légers. Félipe, auprès de Patricia, le regarde partir. Il est assez content de lui-même.

FÉLIPE

Il est gentil, hein, mon vieux Jacques ? Il a tout pour plaire... Mais quand même, devant lui, je n'aurais pas dû parler du rendez-vous de Rémy Casse-Assiette.

PATRICIA

Pourquoi ?

FÉLIPE

Ça l'a choqué.

PATRICIA

Vous croyez ?

FÉLIPE

Oh oui !... Il m'a paru tout drôle. Enfin, choqué. D'ailleurs, il a toujours été comme ça.

PATRICIA

Il a beaucoup de respect pour les jeunes filles ?

FÉLIPE

Il les respecte, et même il en a peur. C'est une question de nature. Lui, c'est un gros timide.

PATRICIA

On ne le dirait pas.

FÉLIPE

C'est parce que j'étais là qu'il a beaucoup parlé. Mais quand je n'y suis pas, il n'ose rien dire.

PATRICIA

Comment savez-vous ce qu'il fait quand vous n'y êtes pas ?

FÉLIPE

Je sais qu'il ne dit rien, et qu'il rougit.

PATRICIA

Ce sont les filles qui vous l'ont dit ?

FÉLIPE

Eh, pardi ! qui voulez-vous que ça soit ? Même quand nous étions petits, les filles lui faisaient peur. Tenez, un jour, il avait treize ans peut-être, et ma sœur avait quinze ans. On jouait aux cachettes, et tout d'un coup, j'entends crier « Au secours ! » dans le grenier. Je monte vite, et je trouve mon Jacques tout rouge et tout égratigné qui tenait un bâton à la main. Et il criait : « Au secours ! Elle veut m'embrasser sur la bouche ! » Alors, je lui ai dit : « Jacques, tu ne fais guère honneur aux garçons ! Qu'un garçon ait peur d'une fille qui veut l'embrasser aux cachettes, ça ne s'est encore jamais vu ! » Il n'a rien voulu savoir, et il est parti en courant !

PATRICIA

Votre sœur était déjà louche ?

FÉLIPE

Oh oui ! C'est de naissance. C'était même pire que maintenant. À l'école, on l'appelait « Vise-en-l'air ». Elle était folle de lui, mais dès qu'il la voyait, il tremblait... Enfin, c'est pour vous dire qu'il a toujours eu peur des filles, et que ça n'a pas l'air de lui avoir passé.

DANS UN SALON DE THÉ

Dans un coin, il y a un jeune aviateur, et une charmante jeune fille qui grignote des gâteaux.

L'AVIATEUR

Non, non, ce n'est pas un rez-de-chaussée : c'est un ravissant premier étage...

LA DAME

Un premier étage peut être aussi une garçonnière.

L'AVIATEUR

Naturellement ; mais le confort n'y manque pas. Il y a la TSF avec pick-up – le téléphone. Une grande bibliothèque avec mes livres favoris...

LA DAME

Et c'est là que vous conduisez toutes vos bonnes fortunes...

L'AVIATEUR *(sentimental)*

Ah non ! Je ne vous ferais pas l'injure de vous recevoir, vous, dans un endroit qui aurait été profané par d'autres femmes : parce que vous, Fernande, je vous aime.

Il la regarde avec une immense tendresse mêlée de respect. À ce moment, Jacques, qui s'est avancé à travers les tables, s'approche de lui.

JACQUES

Ordre de service ; excusez-moi, madame...

Le jeune homme se lève.

LA DAME

Vous partez ?

JACQUES

Il revient tout de suite.

Il l'entraîne hors de la vue de la dame qui en profite pour se repoudrer.

L'AVIATEUR

Qu'est-ce qu'il y a ?

JACQUES *(férocement)*

Ma clef.

L'AVIATEUR *(inquiet)*

Quoi ?

JACQUES

Rends-moi ma clef !

L'AVIATEUR *(écœuré)*

Ça alors, comme vacherie ! Tu as vu cette femme ? Tu ne sais pas que j'en suis fou ? Et tu viens me reprendre la clef ?

JACQUES

Oui, mais je t'apporte une autre clef : c'est celle de Lefèvre. Une garçonnière ravissante – 12, rue Maréchal, au rez-de-chaussée.

L'AVIATEUR

Au rez-de-chaussée. Mais ce n'est pas possible ! Je lui ai déjà décrit ton premier étage !

JACQUES

Eh bien, mon vieux, tu as tort de te lancer dans les descriptions à l'avance... Tiens. *(Il lui donne une clef.)* Tu la lui remettras au mess, dans sa boîte aux lettres, avant huit heures.

L'AVIATEUR

Il y a la TSF au moins ?

JACQUES

Non. Mais, la TSF, Lindbergh ne l'avait pas – et c'était un raid plus dangereux que le tien.

L'AVIATEUR

Et tu fais ça à un parachutiste qui vient de faire trois descentes, dont une de 3 000 mètres !

JACQUES

Tu sais, mon vieux, les parachutistes, on les laisse toujours tomber...

Il s'en va. L'aviateur, penaud, regarde la clef, et retourne pensif vers la dame.

À LA TERRASSE D'UN CAFÉ

Félipe est installé en face de Patricia.

Sur la table, il y a le magnifique chapeau, entre deux « panachés » de bière et limonade. Félipe est grave. Patricia est un peu rouge.

FÉLIPE

Ce sont toujours les histoires d'héritage qui mettent la dispute dans les familles. Moi, pour mon petit héritage – c'est pas vieux, c'est la semaine dernière –, je me suis fâché avec les cousins de Venelles. Oui, pour deux cuillères à café en argent. Alors ça ne m'étonne pas du tout que votre père soit fâché avec votre tante. Au contraire, c'est ce qu'il y a de plus naturel.

PATRICIA

Mais vous croyez qu'il faut que j'aille la voir ?

FÉLIPE *(énergique)*

Puisque c'est la sœur de votre mère, vous devez y aller. Bien sûr, moi, je préférerais que vous restiez avec moi. C'était une belle après-midi. J'avais même l'intention de... L'intention de... Enfin, n'est-ce pas... Mais la famille avant tout. Une tante, c'est encore un héritage... Si un jour vous prenez un mari, et que vous ayez des enfants, eh bien, quand cette tante mourra, si elle laisse un peu de biens aux enfants, nous serons bien contents. Allez-y tout de suite.

PATRICIA

Mais si mon père l'apprenait, ce serait grave.

FÉLIPE

Et comment voulez-vous qu'il le sache ? À moins que votre tante ne lui fasse dire ? Mais puisqu'ils sont fâchés ?

PATRICIA

Oh ! de ce côté-là, il n'y a pas de danger. Je sais que ma tante ne lui dira rien.

FÉLIPE

Alors, ça va tout seul ! En tout cas, moi, je jurerai que je ne vous ai pas quittée un instant.

Patricia se lève, mais elle hésite encore.

PATRICIA

J'y vais ?

FÉLIPE

Patricia, vous êtes une véritable enfant. Nous en parlons depuis plus d'un quart d'heure, vous seriez peut-être déjà de retour. Allez, mettez votre chapeau.

PATRICIA

J'aime mieux vous le confier.

FÉLIPE

Et vous avez raison : quand on va voir de la famille, il vaut bien mieux avoir l'air pauvre. Ne craignez rien, je vous le garde.

PATRICIA

Merci. À tout à l'heure.

Elle s'en va. Il prend un journal, il le place soigneusement sous le chapeau. Puis il appelle le garçon en frappant sur la table avec une pièce de vingt sous.

FÉLIPE

Et j'ai pas encore osé lui parler ! *(Il se tourne vers le café.)* Garçon ! Je voudrais boire quelque chose qui me donne du courage.

Le garçon a une admirable tête d'abruti.

LE GARÇON

Vous allez vous battre ?

FÉLIPE

Non, pas exactement. Mais dans une demi-heure, trois quarts d'heure, j'aurai besoin d'avoir du courage.

LE GARÇON *(sur le ton d'un expert)*

Beaucoup ou guère ?

FÉLIPE

Beaucoup. Énormément. Il faut que je demande la main d'une jeune fille.

LE GARÇON *(sur le ton d'un pharmacien)*

Alors là, je ne vois qu'un grand verre de fine, et nous mettrons dedans un petit verre de gin.

FÉLIPE

D'accord. Vous l'avez essayé ?

LE GARÇON

Oui, pour mon divorce, le jour de la conciliation. Il faut vous dire que je m'appelle Exbrayard, du nom de ma mère ; mon père, par honnêteté, n'avait pas voulu me donner son nom, parce qu'il avait fait de la prison. Et alors, figurez-vous... Mais je vais chercher votre fine, je vous finirai l'histoire après, parce qu'elle en vaut la peine.

Il s'en va, Félipe regarde le chapeau, le touche, le flaire, le repose sur la table.

DERRIÈRE L'ÉGLISE

Patricia arrive, elle jette un coup d'œil rapide ; elle va repartir. Jacques débouche brusquement, d'un pas léger, et va droit vers elle. Elle a une hésitation, comme pour fuir. Il sourit.

JACQUES

Je devine que vous avez déjà vu votre tante, et que nous allons manger des gâteaux.

Elle sourit.

PATRICIA

Vous savez, je ne peux pas rester bien longtemps.

JACQUES

Mais moi non plus. Il faut que je rentre à l'aérodrome à six heures. Venez.

PATRICIA

Où ?

JACQUES

Chez le pâtissier ! On peut se donner le bras ?

Il prend son bras. Elle rougit. Autour d'eux, il y a des gens qui passent et qui les regardent. Patricia baisse les yeux.

PATRICIA

Mais tous ces gens ?

JACQUES

Ces gens pensent à leurs petites affaires, et n'ont aucun souci de nous. Venez !

Ils marchent dans la rue. Des militaires saluent Jacques, qui répond.

JACQUES

La foule vous fait peur ?

PATRICIA

Un peu.

Ils arrivent au coin d'une avenue. Patricia s'arrête brusquement, et retient le jeune homme.

PATRICIA

N'allons pas par là : Félipe m'attend devant le Café Oriental.

JACQUES

C'est ennuyeux. Je voulais vous mener goûter chez Lancret... C'est un salon de thé tout à fait charmant... Mais puisque c'est impossible – à cause de Félipe, qui nous verrait passer – nous allons faire beaucoup mieux... Venez avec moi.

Il l'entraîne.

Les voici devant la boutique d'un pâtissier. C'est une petite boutique, mais elle est toute neuve, et la vitrine est encombrée de gâteaux de riches. Jacques s'efface, et dit : « Entrez. » *Elle entre.*

À LA TERRASSE DU CAFÉ ORIENTAL

Félipe est assis devant un grand verre déjà à demi vide. Il écoute, l'œil vague, le garçon qui parle vertigineusement avec des tics.

LE GARÇON

Quand ils m'ont mis à la porte de la Compagnie des Tramways, ce n'était pas du tout pour ça. Ma pauvre mère avait l'habitude de dire : « Faï de ben à Bertrand, ti lou rendra en caguant », et vous allez voir qu'elle avait raison. Il y avait à ce moment-là à la Compagnie un chef de dépôt qui s'appelait Dujonchet, Elzéar Dujonchet, si je me souviens bien. Un jour, ce Dujonchet me dit : *(il hurle brusquement)* « Et une fine au gin, une ! » Ce Dujonchet me dit... *(On frappe sur une table voisine.)* Une seconde.

Il va vers un autre client. Félipe, hébété, regarde le chapeau.

À LA SORTIE DE LA PÂTISSERIE

Patricia sort, suivie de Jacques qui porte un gros paquet de gâteaux.

PATRICIA

Vous croyez que nous allons manger tous ces gâteaux ?

JACQUES

Pourquoi pas ?

PATRICIA

Mais où allons-nous ?

JACQUES

Chez moi.

PATRICIA

Mais vos parents, qu'est-ce qu'ils vont dire ?

JACQUES

Ils ne diront absolument rien !

PATRICIA

Ils n'y sont pas ?

JACQUES

Non, ils n'y sont pas.

PATRICIA

Mais s'ils reviennent, ils vont penser quoi ?

JACQUES

Ils ne peuvent pas revenir. Ce n'est pas chez eux que je vous invite. C'est chez moi, dans mon bureau. C'est une grande pièce où je vais souvent travailler pour être tranquille. C'est plein de cahiers et de livres. Venez...

PATRICIA *(elle a peur)*

Vous m'aviez dit que nous irions goûter dans une pâtisserie.

JACQUES

Mais c'est vous qui nous empêchez d'y aller ! Vous avez mis votre Félipe en sentinelle au Café Oriental !... C'est ça qui dérange mon plan, mais ce n'est pas du tout de ma faute, et vous n'avez rien à me reprocher.

PATRICIA

Si j'avais des reproches à faire, ce n'est pas à vous que je les ferais.

JACQUES

Des reproches ? Pourquoi ? Que faisons-nous de mal ? Vous me connaissez. Vous le savez, je suis un garçon bien élevé, je n'ai jamais tué personne, je n'ai jamais fait de prison...

PATRICIA

On m'a même dit que vous aviez peur des filles !

JACQUES *(hypocrite)*

Ça m'ennuie qu'on vous l'ait dit – mais c'est vrai.

PATRICIA

Pensez-vous que je le croie ! Au contraire, je trouve que vous avez beaucoup de toupet.

JACQUES

Moi ? Je serais bien content si j'avais vraiment du toupet. Vous savez, je parle, je vous emmène par le bras, mais si vous réfléchissiez un peu, vous verriez que cette audace, c'est peut-être une forme de la timidité. Tenez, je n'ai pas encore osé vous dire que vous êtes belle comme le jour.

PATRICIA

Non, vous ne me l'avez pas dit, parce que vous savez que ce n'est pas vrai.

JACQUES *(volubile)*

Si j'avais du toupet, et même si ce n'était pas vrai, je vous l'aurais déjà dit quand même. Or, c'est vrai, et pourtant, je ne vous l'ai pas dit. Donc, je suis timide, et Félipe a raison – car c'est Félipe qui vous l'a dit ?

Ils sont arrivés devant la porte. Jacques a tiré les clefs de sa poche, il ouvre la porte.

PATRICIA

Il me l'a dit parce qu'il n'y comprend rien. *(Devant la porte ouverte, elle a un brusque mouvement de recul.)* Non, écoutez, non. Il vaut mieux que je n'entre pas.

DE

Elle paraît très décidée à s'en aller. Jacques la retient.

JACQUES

Mais pourquoi ? Maintenant que vous êtes là, il vaut mieux entrer franchement, parce que vous allez vous faire remarquer. *(Brusquement, il feint d'être affolé.)* Attention, ne vous retournez pas : voilà justement la marchande de journaux qui s'amène. C'est la pire commère de toute la ville... *(Il l'attire par l'épaule, en regardant avec anxiété le bout de la rue.)* Entrez vite... Parce qu'en passant elle va vous reconnaître... Vite...

Il la fait entrer, et nous voici dans le couloir. Jacques referme la porte, très vite, et demeure immobile.

PATRICIA *(à voix basse)*

Elle nous a vus ?

JACQUES *(à voix basse)*

Elle nous a peut-être vus, mais elle n'a pas pu vous reconnaître. Elle était trop loin.

PATRICIA

Et puis moi, elle ne me connaît pas. Mais vous ? Elle va peut-être dire à vos parents qu'elle vous a vu entrer ici avec une jeune fille ?

JACQUES

Non, non. Pour moi, elle ne dira rien, parce que je lui achète beaucoup de revues... Elle ne dira rien.

Tout en parlant, il a ouvert la porte et s'efface.

PATRICIA *(elle demeure immobile et toute pâle)*

Je me demande si je ne suis pas folle.

JACQUES

Mais oui, vous êtes folle d'hésiter, de vous inquiéter, de vous faire une montagne d'une chose toute naturelle ! Un jeune homme invite une jeune fille à prendre un verre de porto. Où est le mal ? Ce sont les mœurs de la ville : elles sont infiniment plus innocentes que les habitudes de la campagne. Ne me prenez pas pour un ogre, Patricia. Entrez donc et faites ici comme chez vous.

Elle entre dans la garçonnière, qui n'est pas très luxueuse, mais qui est meublée avec assez de confort et qui a le charme d'une chambre d'étudiant de bonne famille. Au mur, des photos d'aviateurs et d'actrices de cinéma. Beaucoup de livres, sur des rayons. Des raquettes de tennis. Patricia, interdite, regarde avec respect cette chambre de riche.

JACQUES

Asseyez-vous, et ouvrez le paquet de gâteaux.

Il est allé chercher un petit bar roulant. Il en tire des verres colorés, des pailles, des bouteilles, un shaker. Il commence à la servir. Elle sourit, un peu pâle.

À LA TERRASSE DU CAFÉ

Félipe, qui paraît sonné par son alcool, écoute toujours le garçon.

LE GARÇON *(très excité)*

Car lorsqu'ils m'ont foutu à la porte de chez Coder, ça ne s'est pas passé du tout comme on pourrait le croire. J'y étais déjà depuis sept semaines, et un matin, le chef d'atelier me dit : « Tu es appelé chez le patron à midi. » Je lui fais : « Pourquoi ? » Il me dit : « Il va peut-être te féliciter, te donner la médaille des vieux travailleurs. » Moi, ça m'étonnait, mais enfin, j'y vais. Et M. Coder m'a dit : « C'est toi Maxime Exbrayard ? » Je lui dis : « Oui. » Alors, il me dit : « Tu n'es pas arrivé dix fois à l'heure en sept semaines – et d'ailleurs, ça n'a aucune importance, puisque quand tu es à l'atelier, en moins de dix minutes, tu te blesses et tu pars à l'infirmerie. Qu'as-tu à dire pour ta défense ? » Je lui dis : « Si je me blesse, c'est parce que je travaille. Et puisque vous êtes forgeron, vous devez savoir que le fer, c'est dur. » Alors il me dit : « En effet, et je crois même que le fer c'est trop dur pour toi, je te conseille d'aller travailler aux nouilles, ou aux petits-suisses. » C'est de là que je suis entré chez Rivoire et Carret. Et alors là, vous ne devineriez jamais ce qui m'est arrivé. Figurez-vous...

DANS LA GARÇONNIÈRE

Patricia n'est plus à la même place. Elle est assise au bord du divan. Devant elle, la petite table basse. Jacques est assis, à ses genoux, sur un coussin. Il tient sa main gauche, et lui dit la bonne aventure.

PATRICIA *(charmée)*

Mais qui est-ce qui vous a appris à lire dans la main ?

JACQUES *(très sérieusement)*

Je suis aviateur, voyons. Avant de nous laisser monter dans un avion, on nous regarde les lignes de la main, pour savoir ce qu'il risque de nous arriver. C'est pour ça qu'il y a si peu d'accidents.

PATRICIA

Alors, vous y croyez ?

JACQUES

Si j'y crois ? À toute volée ! Tenez, vous allez voir. Votre passé d'abord. Vous avez été élevée dans une grande bâtisse. Je vois des dames avec de drôles de chapeaux, qui sont peut-être des bonnes sœurs...

PATRICIA *(méfiante)*

Je vous l'ai dit.

Elle retire sa main.

JACQUES *(il joue l'étonnement)*

Ah ? Oui, c'est vrai ; je vous demande pardon. Je regrette. Rendez-moi votre main, et vous allez voir... Jusqu'à dix-huit ans, votre vie n'est pas très brillante. Je vois beaucoup de travaux de ménage, des travaux pénibles et monotones... Mais à dix-huit ans, tout s'éclaire.

PATRICIA *(mélancolique)*

Ce serait trop beau.

JACQUES

Et pourquoi ce serait trop beau ? Est-ce que vous croyez qu'une fille aussi fine et aussi belle que vous n'a pas le droit d'espérer autre chose que la lessive et la vaisselle ? Et l'amour, vous croyez qu'il ne viendra pas ?

PATRICIA

Je n'y ai jamais pensé.

JACQUES

Allons donc ? À votre âge ?

PATRICIA

Je n'ai jamais eu le temps.

JACQUES

Je vois dans votre main que, maintenant, vous allez y penser. Vous rencontrerez un garçon assez grand, plutôt brun, qui vous dira : « Patricia, vous êtes belle et je vous aime. »

PATRICIA

Et qui peut-être ne m'aimera pas du tout.

JACQUES

Alors, pourquoi le dirait-il ?

PATRICIA

Pour se distraire. Et ça ne serait pas bien de sa part.

JACQUES

Attendez que je voie mieux.

Il lui reprend la main, puis le bras. Il l'attire vers lui et lui donne un baiser. Elle recule, il la serre contre lui.

PATRICIA *(elle se débat violemment)*

Laissez-moi... Laissez-moi, je vais crier !

JACQUES *(il la tient solidement contre lui)*

Pourquoi crier ? Laissez-moi vous parler, Patricia... Laissez-moi respirer vos cheveux. Restez là cinq minutes, je vous en supplie. Ne dites plus rien... Vous ne risquez rien. Je vous aime, Patricia.

Elle reste contre lui, le souffle court, contractée, mais immobile.

À LA TERRASSE DU CAFÉ

Félipe boit son troisième verre de fine au gin, ses pupilles sont dilatées, ses paupières lourdes.

LE GARÇON

Et maintenant je vais vous dire pourquoi je suis entré à la mairie de Toulon, et comment ça s'est terminé. Il faut vous dire...

FÉLIPE *(nerveux)*

Il faut me dire combien je vous dois.

LE GARÇON

Ça fait seize francs. Il faut vous dire...

FÉLIPE *(exaspéré)*

Il faut vous dire que je me fous de vos histoires, et que vous m'avez mis une tête comme une coucourde. Je ne sais pas ce qui me retient de vous foutre deux calottes.

LE GARÇON *(il prend la pièce de vingt francs que lui tend Félipe, et rend la monnaie. Il a pris soudain un ton glacial)*

Monsieur est un peu nerveux parce que sa fiancée l'a laissé tomber. Mais moi, ça n'est pas de ma faute. On a toujours les femmes qu'on mérite. Moi, si je vous ai parlé, c'était pour vous distraire, parce que j'avais compris tout le drame dès que j'ai aperçu ce chapeau.

Il le désigne d'un index durement tendu.

FÉLIPE *(sombre)*

Et qu'est-ce qu'il a ce chapeau ?

LE GARÇON *(il prend le chapeau)*

Est-ce que c'est un chapeau d'honnête femme, ça ? De quoi ça a l'air ?

Félipe s'élance vers lui, et saisit le chapeau. De l'autre main, il gifle le garçon qui riposte par un coup de poing. Une table tombe. Des consommateurs accourent. Le garçon, d'une voix perçante, appelle : « Au secours ! »

DANS LA GARÇONNIÈRE

Patricia, debout derrière une table, tient à bout de bras une statuette. Elle est échevelée, son corsage est dégrafé. En face d'elle, Jacques : une égratignure marque sa joue, ses cheveux sont ébouriffés ; il s'avance vers elle.

PATRICIA

Laissez-moi ! Vous n'avez pas honte.

Jacques hésite, il recule. Elle laisse retomber son bras. Il reboutonne son col.

JACQUES

Si, j'ai honte. Pardonnez-moi.

PATRICIA *(en furie)*

Si vous essayez de recommencer...

JACQUES

Je n'essaierai pas. *(Il fait un pas en arrière.)* Je suis une brute et un imbécile. N'ayez pas peur. *(Il est allé prendre le sac, et le tend à la jeune fille à travers la table.)* Recoiffez-vous. Il y a un miroir dans le premier tiroir de droite. Asseyez-vous.

Elle s'est assise, parce que ses jambes tremblent. Elle soupire nerveusement. Elle se recoiffe et se repoudre.

JACQUES

Je me suis conduit comme une brute, et pourtant je ne suis pas une brute. Vous êtes si belle, Patricia... Et puis, les femmes d'aujourd'hui ne nous ont pas habitués à la vertu... Et puis, à la campagne, une fille de dix-huit ans, en général...

PATRICIA

Je vous l'avais dit.

JACQUES

Je ne l'avais pas cru, parce qu'elles le disent presque toutes. Mais vous, j'aurais dû vous croire.

PATRICIA *(plus calme)*

Et moi, j'aurais dû refuser de venir ici, voilà tout.

JACQUES

Vous êtes une fille très chic, Patricia. Je désire très sincèrement que vous me pardonniez ma sottise et ma vanité. Je ne veux pas que vous me quittiez sur une impression de crainte et de dégoût. Je désire, au contraire, rester votre camarade – et je vous offre mon amitié.

PATRICIA

Je vous remercie. Mais à quoi peut vous servir l'amitié d'une fille comme moi ?

JACQUES

L'amitié d'un être jeune et propre, qui est en même temps une ravissante jeune fille...

PATRICIA

Et qui est en même temps la fille du puisatier... Est-ce que c'était vrai ce que vous me disiez tout à l'heure, que vous m'aimiez à la folie, et que vous m'aimeriez toute la vie ?

JACQUES

C'était très exagéré. L'amour véritable ne vient pas si vite.

PATRICIA

Vous en avez eu, vous, des amours véritables ?

JACQUES *(loyal)*

Non. Franchement non.

PATRICIA

Alors, pourquoi en parlez-vous ?

JACQUES

J'en parle... d'après mes imaginations... Je le rencontrerai peut-être un jour... En tout cas, je vous prie de me rendre votre estime. Vous savez, il ne faut pas juger un garçon de mon âge sur un moment de folie. Tenez, je vais vous demander une permission. Vous m'aviez dit que vous aviez plusieurs petites sœurs ?

PATRICIA

Oui. Elles n'ont pas encore l'âge des rendez-vous derrière l'église.

JACQUES

Ne soyez pas méchante. Comme je suis le fils du bazar, je vous demande la permission de leur envoyer une corbeille de jouets.

PATRICIA

Et mon père ?

JACQUES

Vous direz que c'est un cadeau des bonnes sœurs. Il le croira, puisque ce sont elles qui vous ont élevée. Elles vous ont d'ailleurs admirablement réussie, puisque vous griffez les aviateurs...

Elle est sur la porte. Elle va sortir.

PATRICIA

Excusez-moi, monsieur Mazel.

JACQUES *(charmant)*

Écoutez, on n'a rien fait de mal, mais je vous ai tout de même embrassée. Alors, il faut m'appeler Jacques.

PATRICIA

Excusez-moi, Jacques. Je sais qu'au fond vous êtes un honnête garçon, et je vois bien que beaucoup de femmes ne seraient pas aussi bêtes que moi – parce que vous êtes beau. Mais moi, que voulez-vous, ça, je ne peux pas. Non, je ne peux pas. Je vous demande pardon.

Elle s'enfuit. Il reste pensif.

DEVANT LE CAFÉ ORIENTAL

Il y a un rassemblement autour de la voiture de Félipe. Ce sont des gens qui rient sans méchanceté. Au milieu du cercle, Félipe. Il a à la main le chapeau de Patricia. Il a un œil poché, et il essaie d'allumer la bougie d'une lanterne en papier.

FÉLIPE *(à la foule)*

Si la nuit tombe – et il est probable que la nuit va tomber – je n'ai pas de lumière. Alors, qu'est-ce qu'il faut que je fasse ? Ce grand imbécile qui rit, là, dis, qu'est-ce que tu ferais à ma place ?

L'IMBÉCILE

À ta place ? J'irais me coucher.

FÉLIPE

Et qu'est-ce que je veux faire ? Je veux rentrer chez moi pour me coucher.

LA FOULE

Bravo !

FÉLIPE

Si Patricia n'était pas allée voir sa tante, je serais déjà rentré, et je ne serais pas soûl. Il y en a qui croient que je ne me rends pas compte : mais je me rends très bien compte. *(Il rote et ajoute gravement :)* Et c'est ce qui m'inquiète le plus !

UNE VOIX

Si c'est toi qui conduis, tu n'iras pas loin !

FÉLIPE

Moi, j'irai pas loin ? Paie-moi l'essence, couillon, et je te mène en Australie !

Il tient de la même main le chapeau et la lanterne. Il essaie toujours d'allumer la lanterne. Il n'y réussit pas, mais par malheur il enflamme le chapeau. Le chapeau est en cellophane tressée : il disparaît dans un éclair. Il ne reste, dans la main de Félipe, que l'hirondelle grésillante.

FÉLIPE *(perplexe)*

Ça, c'est curieux. Ça, c'est pire que l'Opéra. Il ne reste plus que l'oiseau.

La foule s'étouffe de rire.

FÉLIPE *(brusquement à la foule)*

Et il y en a qui rient de ça ? Le chapeau a brûlé, et vous riez ? Vous ne savez pas qu'il y a de quoi faire une mine de soixante, allumer la mèche, et s'asseoir dessus, et attendre l'ascenseur ?

Il se met à baiser l'oiseau et s'assoit au bord du trottoir. La foule s'écarte légèrement.

Sur le cours, voici Patricia qui s'avance à grands pas. Elle voit le cercle de badauds, elle s'approche, elle traverse les rangs pressés. Elle va toucher l'épaule de Félipe qui sanglote.

PATRICIA

Qu'est-ce qu'il y a ?

Félipe se lève brusquement, la regarde et demeure hébété.

FÉLIPE

Patricia ! Pardon ! Pardon, Patricia, pardon !

PATRICIA

Pourquoi ?

FÉLIPE

Le chapeau... J'ai brûlé le chapeau ! C'était de la poudre ! Pardon !

PATRICIA

Vous avez bu ?

FÉLIPE

J'ai bu et je suis soûl. *(Il change de ton brusquement et demande avec intérêt :)* Et votre tante ? Elle va bien, votre tante ?

PATRICIA

Très bien. Nous partons ?

Elle va ouvrir la portière. Un monsieur s'avance : c'est peut-être le receveur buraliste.

LE MONSIEUR

Vous n'allez pas partir avec cet homme-là ? Il va vous tuer !

FÉLIPE *(écœuré)*

Moi, la tuer ? Il dit que je veux la tuer ! Vous ne savez pas que, pour lui faire plaisir, je mangerais de la cheddite ? *(À Patricia avec sollicitude.)* Alors, elle va bien, votre tante ? Ça lui a fait plaisir à votre tante ?

PATRICIA *(sévère)*

Félipe, il est sept heures. Est-ce que vous pouvez me ramener à la maison ?

FÉLIPE *(il réfléchit un instant, puis il prend une décision)*

Non. La voiture ne m'obéira pas. J'en suis sûr : je ne veux même pas essayer... Si vous preniez le car ?

LE MONSIEUR

Celui de sept heures vient de partir. Le prochain est à huit heures et demie.

PATRICIA

Et mon père ?

FÉLIPE *(à la foule)*

Oui, et son père ? Son père me l'a confiée... Oui, à moi Félipe le puisatier, son père me l'a confiée... J'avais dit : « Elle reviendra avant huit heures, parole d'homme ! » Et voilà où nous en sommes : il ne reste plus que l'oiseau. *(À la foule, avec conviction.)* Est-ce que ce n'est pas malheureux ?

On entend brusquement une moto : c'est Jacques Mazel. Il voit le rassemblement, s'arrête, cale sa moto contre le trottoir et fend le cercle de badauds. Il s'avance vers Félipe qui sanglote.

JACQUES

Félipe, qu'est-ce qu'il y a ?

FÉLIPE *(il est tout à coup illuminé de joie)*

Jacques, te voilà ! *(Il se jette dans ses bras.)* Tu me sauves la vie ! Tu veux me sauver la vie ?

JACQUES *(à Patricia)*

Il faut lui faire boire quelques gouttes d'ammoniaque dans de l'eau.

FÉLIPE

Boire ? Moi ? Ah non ! *(Brusquement.)* Jacques, voilà ce que tu vas faire : tu prends ton aéroplane, et tu ramènes cette petite à sa famille. *(Avec une insistance affectueuse.)* Jacques, va chercher ton aéroplane.

JACQUES

Ça, ce serait un peu difficile.

FÉLIPE

Tu as peur de ton colonel ? Bon, dis-moi où il est. Je vais lui parler, moi, à ton colonel. Je lui expliquerai tout, à ton colonel – et il me comprendra, parce que c'est le père du peuple.

JACQUES

Calme-toi, on ne va pas déranger le colonel, mais on va faire beaucoup mieux que ça. S'il ne faut que ramener la demoiselle, j'ai la moto.

FÉLIPE

Il a sa moto ! *(À la foule.)* Il a toujours tout pour rendre service... Patricia, vous voulez partir avec lui ?

PATRICIA

Si je ne puis pas faire autrement...

JACQUES

Ça n'est pas gentil ce que vous dites là, mademoiselle... Vous n'avez pas confiance en moi ?

FÉLIPE

Si, elle a confiance en toi, mais c'est la moto qui l'effraie. Elle n'est jamais montée sur une moto ! Il faut un peu se mettre à sa place ! Ça n'a tout de même que deux roues ! *(À Patricia.)* Et pourtant, ça ne risque rien ! Patricia, il faut y aller... *(Elle hésite, elle rougit. Jacques sourit.)*

JACQUES

Ça serait un grand plaisir pour moi de vous raccompagner chez vous.

PATRICIA

Je vous remercie, et j'accepte. C'est à cause de mon père, n'est-ce pas ? Il doit déjà s'inquiéter.

FÉLIPE

Ah, pour ça ! Si elle ne rentre pas avant huit heures, il va peut-être tomber malade !

JACQUES

Épargnons la santé du vaillant puisatier, et partons tout de suite, puisque c'est notre devoir.

FÉLIPE

Mais il va demander où je suis ! Qu'est-ce que tu lui diras ?

JACQUES

Que ta voiture est en panne, et que tu m'as confié sa fille.

FÉLIPE

Bravo. Voilà une idée. C'est embêtant de dire que ma voiture est en panne – ça lui fera une mauvaise réputation. Si après je veux la revendre ? *(La foule rit.)* Alors, tu l'emmènes, et moi tu me laisses ?

JACQUES

Ah ! mon vieux, toi, débrouille-toi. *(À Patricia.)* Venez.

Elle le suit. Félipe reste consterné, secouant la tête tristement au milieu du cercle. Tout à coup, il se lève et s'élance vers la moto. Patricia est déjà sur le siège arrière. Il lui tend l'hirondelle.

FÉLIPE

L'oiseau !

JACQUES

On te le donne.

FÉLIPE

Merci. Merci. Alors, ne marche pas trop vite… Et il faut dire à votre père que j'ai eu de la poussière dans le carburateur. Ne lui parlez pas de… *(Il fait le signe de boire.)* Ne lui dites pas que… *(Il refait le geste.)* Et pour la tante, je ne dirai rien, parce que…

Jacques vient d'appuyer sur le kick, et le moteur démarre à grand bruit. Jacques embraie, la moto s'en va. Félipe la regarde partir, puis il parle seul.

FÉLIPE

Heureusement qu'il est là pour arranger le coup ! Heureusement… Parce que sans ça… Sans ça…

SOUS UN CHÊNE VERT, DANS UN FOURRÉ

Patricia assise par terre, la tête basse, les jambes repliées, mâche une tige d'herbe qu'elle tire de la main gauche.
Jacques est debout, nu-tête, décoiffé. Il est pensif.

JACQUES

C'est vous qui m'avez demandé de m'arrêter.

PATRICIA

Je sais.

JACQUES

Vous m'avez dit : « Mon foulard s'est envolé. » Ce n'était tout de même pas de ma faute.

PATRICIA

Je sais.

JACQUES

Et lorsque nous avons retrouvé le foulard, là-bas, dans cette haie, vous m'avez pris le bras, et vous m'avez dit : « Il faut que je vous parle. » Est-ce vrai ?

PATRICIA

C'est vrai. Et il y a encore quelque chose que vous ne savez pas. Mon foulard, ce n'est pas le vent qui l'a dénoué : c'est moi. Je l'ai fait exprès.

JACQUES

Pourquoi ?

PATRICIA

Sur cette moto qui marchait si vite, je m'accrochais à votre taille, et je sentais votre chaleur... L'odeur du vent m'a fait tourner la tête... Alors, j'ai fait exprès de perdre mon foulard, parce que je n'avais plus de force, et que j'avais peur de tomber.

JACQUES

C'est une déclaration d'amour ?

PATRICIA

Ou de faiblesse. En tout cas, c'est une espèce de folie : et pourtant je ne suis pas folle...

JACQUES

Certainement non.

PATRICIA

Mais j'ai toujours été avec des femmes et des filles... Au couvent d'abord, puis à la maison, au milieu de mes sœurs. Je ne m'étais jamais approchée d'un garçon... Et maintenant voilà.

JACQUES

Voilà quoi ?

PATRICIA

Il y avait une fille, à côté de ma maison, qui était mon amie. Et puis un jour, j'ai vu qu'elle sortait quelquefois en cachette, avec un garçon, au clair de lune. Je lui ai dit que je l'avais vue. Et elle m'a fait des confidences.

JACQUES

Je devine ce qu'elle a pu vous dire.

PATRICIA

Moi, je n'avais pas deviné, et je suis devenue toute rouge, et j'avais envie de pleurer. Depuis ce jour-là, je n'ai jamais plus voulu lui parler. Je la voyais toute grise, toute vieille... Et maintenant, voilà, je suis comme elle.

Jacques paraît assez penaud. Il essaie de prendre la chose en riant.

JACQUES

Vous savez, il ne faut rien exagérer. Les histoires de garçons et de filles, c'est toujours un peu la même chose...

PATRICIA

Maintenant, je n'ai plus le droit d'embrasser mon père, ni mes sœurs.

JACQUES

Ça, ce sont des idées de petite fille... Si toutes celles qui ont eu un amoureux n'osaient plus embrasser leur père, ni leurs sœurs, ni leurs cousines, on ne s'embrasserait plus beaucoup dans les familles ! Il me semble que vous prenez cette aventure un peu trop au tragique... Évidemment, ce n'est pas bien malin ce que j'ai fait là... et si c'était à refaire...

PATRICIA

Ne croyez pas surtout que vous me devez quelque chose... Vous êtes un garçon : c'est aux filles à se défendre. Mon malheur, je l'ai mérité... et même, je l'ai recherché. Hier matin déjà... Je suis revenue au ruisseau exprès...

JACQUES

Pour me revoir ?

PATRICIA

Oui. Le soir, lorsque Félipe est venu m'inviter, d'abord, j'ai dit non... parce que je ne savais pas que vous seriez à ce meeting. J'ai dit non, et je languissais qu'il s'en aille. Je voulais vite me coucher dans la nuit, pour être seule, et pour penser à vous. Et puis, quand il m'a parlé de vous, j'ai dit oui. Il a cru que c'était pour son automobile. Mais moi, pour vous voir, je serais venue à pied. Il me semble, maintenant, que j'étais déjà perdue.

JACQUES

Vous êtes un chic type, Patricia... Si l'un de nous deux a mal agi, c'est moi : je suis un homme, et je suis riche, tandis que vous, vous n'êtes qu'une enfant pauvre, et vous m'avez donné une très grande preuve d'amour...

PATRICIA

Oui, mais c'est une preuve qui prouve que je ne mérite pas d'être aimée. Allons, ramenez-moi le plus vite possible, et n'y pensez plus.

JACQUES

Vous ne voulez pas me revoir ?

PATRICIA

À quoi bon ? Vous êtes riche, vous venez de le dire, et je suis la fille du puisatier. Rentrons vite...

JACQUES

Patricia, il faut que je vous parle longuement demain matin. Où puis-je vous voir ?

PATRICIA

Je ne sais pas.

JACQUES

Vous ne pouvez pas venir à Salon ?

PATRICIA

Et comment ? Il faudrait que je prenne le car...

JACQUES

Et si j'allais vous voir avec la moto, près de chez vous ? Est-ce qu'il n'y a pas un bosquet, ou une ferme abandonnée, ou un poste de chasse ?

PATRICIA

Il y a une chapelle, la chapelle Saint-Julien. Et près de la chapelle, il y a un grand cyprès.

JACQUES

Eh bien, demain matin, près du grand cyprès, vers onze heures.

PATRICIA

Si vous voulez. Ça va servir à quoi ?

JACQUES

Vous n'avez donc aucune envie de me revoir ?

PATRICIA

Si, j'ai envie... Et puis, je ne sais pas... Je ne suis plus moi maintenant... Je suis une autre... Et vous, je vous aime... Par malheur, vous êtes le mal et le péché.

On entend pétarader un moteur qui se rapproche. Jacques lève la tête.

JACQUES

Je crois que voici Félipe.

PATRICIA

Il va voir la moto sur la route.

JACQUES

Très certainement. Venez vite.

PATRICIA

Si je le regarde, il comprendra tout...

JACQUES

Allons donc !

Félipe surgit, à travers la haie, il est inquiet.

FÉLIPE

Un accident ? Un dérapage ?

JACQUES

Non, mon vieux, ce n'est rien... La moto a eu des ratés... Enfin, de petits ennuis mécaniques... Je t'ai entendu venir, et nous t'avons attendu...

FÉLIPE

Quand j'ai vu la moto toute seule, j'ai eu peur !

PATRICIA

J'aimerais mieux rentrer avec vous, à cause de mon père.

FÉLIPE

Ça serait plus naturel... Surtout que maintenant je conduis très bien, parce que ça va beaucoup mieux... Les secousses de la voiture m'ont donné une espèce de mal de mer, et puis tout à coup une sorte d'explosion et...

Il lui exprime par gestes qu'il a vomi.

JACQUES

Oui, on a compris...

FÉLIPE

Quelle journée, quand même ! Tous ces aéroplanes, et puis cette ivrognerie, et puis l'incendie du chapeau, et puis cette moto qui vous laisse en panne... Ah ! il s'en est passé des choses, aujourd'hui ! Je m'en rappellerai, du métingue !

JACQUES

Moi non plus, je ne l'oublierai pas... *(À Patricia.)* Alors, vous ne remontez pas derrière moi ?

PATRICIA

Non, merci... J'aime mieux rentrer avec Félipe... Merci.

FÉLIPE

Tu vois, elle aime mieux... Oh ! je sais bien que ce n'est pas pour ma compagnie... Mais il faut bien reconnaître que la voiture c'est quand même plus confortable...

JACQUES

Eh bien, je vais passer devant, avec la moto, pour t'éclairer.

DEVANT LE BAZAR DE MAZEL

Le rideau de fer est à demi baissé, Mazel et sa femme font la conversation à divers passants. Mazel paraît extrêmement fier. Un monsieur très enthousiaste parle à Mazel.

LE MONSIEUR

Et lorsqu'il a fait, à la suite, trente-deux loopings...

MAZEL *(avec autorité)*

Trente-sept.

LE MONSIEUR

J'avoue que je n'ai pas compté ; mais un aviateur, un technicien, m'a dit « trente-deux ».

MAZEL

Elzéar n'est pas technicien, mais enfin, il sait compter, et au téléphone, il m'a dit « trente-sept ».

LE MONSIEUR

Eh bien, c'était épatant ! La foule lui a fait une ovation qui a duré au moins deux minutes.

MAZEL

Elzéar m'a dit « cinq minutes ». Ce n'est pas que cette question d'ovation ait de l'importance, mais enfin, il faut dire ce qui est.

UNE DAME

Et quand ils se sont laissés tomber droit vers les hangars, et que tout à coup ils sont remontés vers le ciel...

MAZEL

En chandelle. En langue technique, nous appelons ça des chandelles.

LA DAME

Et vous ne tremblez pas ?

MAZEL

Ma femme, évidemment, ça l'énerve un peu... Mais enfin, puisque nous sommes dans l'aviation, nous en avons pris notre parti. N'est-ce pas, Marie ?

MME MAZEL

Enfin moi, j'aime mieux savoir que c'est fini, et qu'il a remis ses pieds par terre...

MAZEL

Oh ! Vous autres femmes, vous tremblez toujours.

Il chantonne.

CHEZ MAZEL

Le soir, dans la salle à manger, Mazel est assis sur un fauteuil. Sa femme est debout. Devant eux, un capitaine aviateur.

MAZEL *(vexé)*

C'est tout de même un peu raide ! En Afrique ? Pour quoi faire en Afrique ?

LE CAPITAINE

Des essais.

MME MAZEL

Des essais de quoi ?

LE CAPITAINE

Je ne peux pas vous le dire.

MAZEL

Et c'est dangereux ces essais ?

LE CAPITAINE

Pas spécialement.

MME MAZEL

Et ça va durer longtemps ?

LE CAPITAINE

Pour nous, deux ou trois mois. En principe, jusqu'à la fin septembre.

MAZEL

Pourquoi faut-il qu'il parte tout de suite ? C'est si pressé que ça ?

LE CAPITAINE

Nous avons les ordres depuis huit jours. Mais ce n'est pas votre fils qui devait partir : c'était Charbonnier. Il s'est cassé la jambe aujourd'hui, en parachute, et on a désigné Mazel.

On entend une course dans l'escalier.

MME MAZEL

Le voilà.

LE CAPITAINE

Il a tout juste le temps de dîner et de faire sa valise.

CHEZ LE PUISATIER

Toute la famille est à table. Debout, Félipe et Patricia. Félipe ment avec une volubilité dramatique.

FÉLIPE

Et tout à coup, dans une descente, le vent de la vitesse s'est engouffré sous les ailes de l'oiseau. Elle fait « Ah ! » *(Il essaie de retenir sur sa tête un chapeau imaginaire.)* Je lui dis « Quoi ? » Elle me dit « Le chapeau s'est envolé ! » *(Il prend un visage horrifié, et il ajoute, à voix basse :)* C'était vrai.

LE PUISATIER

Et tu n'as pas pu le retrouver ?

FÉLIPE

Il faisait nuit, n'est-ce pas. Mais je sais où il est tombé. C'est derrière une haie, près d'un gros micocoulier, qui a deux branches en travers sur la gauche. Et sur la haie, il y a une aubépine en fleur – et j'ai mis une grosse pierre par terre au bord de la route. Tout ça, c'est noté là. *(Il se touche le front.)* Demain matin, je le retrouverai.

LE PUISATIER

Demain matin ? Mais la rosée va lui manger toute la couleur !

FÉLIPE *(évasif)*

Ah ça ! peut-être, il ne sera pas tout à fait de la même couleur... L'oiseau, probablement, aura un peu souffert. Mais je suis sûr de vous rapporter le chapeau. Sûr. Oh oui ! Certainement sûr.

DANS LA CHAMBRE DE JACQUES

Jacques ferme ses cantines d'officier. Sa mère est à côté de lui, soucieuse.

JACQUES

Écoute, ce que je vais te demander est assez gênant, mais je ne puis le demander qu'à toi.

MME MAZEL

Tu as encore joué au poker ?

JACQUES

Non, ça non. Je n'ai joué qu'une fois, et ça m'a suffi. Mais j'ai fait une petite bêtise – sans grande importance d'ailleurs – avec une jeune fille.

MME MAZEL *(pincée)*

Une poule, comme tu dis ?

JACQUES

Non. Une jeune fille pauvre. Je l'ai vue deux fois en tout, et, après le meeting, nous nous sommes attardés en route. Elle s'appelle Patricia. C'est la fille d'un puisatier.

MME MAZEL *(froidement)*

Et puis ? Qu'est-ce que tu veux que ça me fasse ?

JACQUES

J'avais rendez-vous avec elle, demain matin, près de la chapelle Saint-Julien.

MME MAZEL *(presque rudement)*

Eh bien, tu n'y seras pas, voilà tout !

JACQUES

Je sais. Mais elle y sera. Et c'est une fille simple et courageuse, une fille, enfin, qui a des sentiments très élevés.

MME MAZEL *(sur un ton ambigu)*

Bien entendu.

JACQUES *(hésitant)*

Alors, je voudrais que, demain matin, toi tu ailles à ce rendez-vous, et que tu lui dises que je suis parti brusquement parce que j'en ai reçu l'ordre ce soir. Tu comprends, il ne faudrait pas qu'elle croie que, cet après-midi, je savais déjà que j'allais partir ce soir... *(Il prend sur son lit une enveloppe et la tend à sa mère.)* Et puis, voilà un petit mot que tu lui remettras... C'est un mot très simple et très amical. *(Mme Mazel ne prend pas la lettre.)* Si tu juges que tu ne peux pas le faire, je le demanderai à un camarade.

MME MAZEL *(brusquement, elle prend la lettre)*

Pourquoi un camarade ? Moi, est-ce que je ne suis pas ta meilleure amie ?

JACQUES

Oui, mais tu sais, une mère... Tu pourrais juger tout ça ridicule... Et si tu n'y allais pas, moi j'aurais l'air d'un véritable mufle. Tu iras ?

MME MAZEL

Oui, j'irai.

JACQUES

Tu me jures que tu iras ?

MME MAZEL

Je te jure que j'irai, et même, si tu veux...

La voix sonore de Mazel crie : « À table ! À table ! Tu pars dans une heure ! »

AU PIED D'UN GRAND CYPRÈS

Le lendemain matin. Voici Patricia.

Elle a posé son panier au pied de l'arbre et elle attend. Le paysage est noble, il y a des vignes, des oliviers, et contre le ciel le modeste clocher de la chapelle.

Tout à coup, sur la route, une promeneuse s'avance. C'est Mme Mazel. Elle s'approche de la jeune fille.

MME MAZEL

Pardon, mademoiselle... Cette chapelle, c'est bien la chapelle Saint-Julien ?

PATRICIA

Oui, madame.

MME MAZEL

On peut y entrer ?

PATRICIA

Non, madame. Elle n'est ouverte que deux jours par an, pour les pèlerinages.

MME MAZEL

Merci, mademoiselle.

Elle s'éloigne. Patricia la regarde partir. Mme Mazel disparaît derrière la chapelle. Nous la suivons. Et là, sous un gros mûrier, elle enflamme une lettre cachetée, et elle la regarde brûler.

Au pied du cyprès, Patricia attend toujours, avec une tendresse anxieuse, l'amoureux qui ne viendra pas.

À L'AÉRODROME

Jacques, en tenue de vol, marche dans l'immense prairie, entre sa mère et son père.

JACQUES

Mais non, maman, mais non. Ça sera la même chose qu'au mois de mars dernier. Nous sommes déjà le 25 août. La guerre ne peut plus éclater maintenant. Ça ne sera pas pour cette année.

MAZEL

Je suis entièrement de son avis.

MME MAZEL

Mais si ça n'est pas grave, pourquoi le fait-on rentrer d'Afrique et repartir sans même un jour de permission ?

JACQUES

Parce qu'on prend des précautions.

MAZEL

C'est justement peut-être pour éviter la guerre.

MME MAZEL

Alors, si on lui avait permis de venir déjeuner à la maison, ça aurait fait éclater une catastrophe mondiale ? Allons, allons, vous n'avez pas de bon sens.

JACQUES

Ça y est, j'ai oublié mon beau fume-cigarette à la cantine.

MAZEL

Je vais te le chercher.

Il part en courant.

JACQUES

Ce n'est pas vrai, mais je voulais te parler.

MME MAZEL

Et de quoi ?

JACQUES

De la commission dont je t'avais chargée.

MME MAZEL

Quelle commission ? Ah ! ta lettre ?

JACQUES

Oui. Tu m'as écrit deux fois, et tu ne m'en as rien dit.

MME MAZEL

Parce que j'avais des choses plus importantes à te dire, et qui m'ont fait oublier ce détail. Eh bien, ta lettre, je l'ai donnée à cette fille.

JACQUES

Et qu'est-ce qu'elle t'a dit ?

MME MAZEL

Dis donc, tu ne penses pas que j'allais engager la conversation avec une fille d'ouvrier que je ne connaissais pas ! J'étais bien gênée, je t'assure...

JACQUES

Tu l'as revue ?

MME MAZEL

Je l'ai rencontrée dans la rue. Je crois qu'elle s'est mariée.

JACQUES

Tiens ? Avec qui ?

MME MAZEL

Je n'en sais trop rien... Un garçon de café, je crois. C'est pour ça que tu fais courir ton père jusqu'à la cantine ? Regarde-le qui trotte comme un lapin.

En effet, Mazel revient, accompagné d'un homme grand, bien découplé, qui marche avec aisance. Il a l'épaisse combinaison des aviateurs et un passe-montagne qui encadre son visage. Ils arrivent près de Jacques et de sa mère. Mazel brandit le fume-cigarette.

MAZEL

Le voilà. C'est ce jeune homme qui l'avait trouvé !

LE JEUNE HOMME *(à Jacques)*

C'est l'heure. On y va.

JACQUES *(il embrasse sa mère)*

À bientôt, maman. Ne sois pas inquiète.

MAZEL

Écris le plus que tu pourras. *(À l'autre aviateur.)* Et vous aussi, écrivez à vos parents ! Battez-vous bien – si par malheur on en arrive là. Soyez héroïque, mais prudent. En tout cas, revenez en bonne santé, et avec un galon de plus.

LE JEUNE HOMME

Votre fils reviendra certainement, et avec un galon de plus. Mais moi, non.

MAZEL

Pourquoi ? Vous partez dégonflé ?

LE JEUNE HOMME

Oh, pas du tout ! Je suis très gonflé au contraire. Mais je n'aurai jamais un galon de plus.

MAZEL

Vous avez de mauvaises notes ?

LE JEUNE HOMME

Je ne crois pas.

MAZEL *(navré, à son fils)*

Mais pourquoi on ne lui donnerait pas un galon de plus ?

JACQUES *(qui rit)*

Parce que dans l'armée française, même dans l'aviation, il est impossible d'obtenir un galon de plus, quand on en a déjà cinq.

LE JEUNE HOMME

On y va, Mazel ?

JACQUES

Oui, mon colonel.

Ils s'en vont tous deux en riant. Mazel reste stupéfait.

SUR LE COURS, À SALON

Devant le bazar, il y a un groupe de gens de toutes les classes de la société. Plusieurs tiennent des journaux grands ouverts, et d'autres lisent par-dessus leurs épaules.

Du bazar sort la voix d'un poste de TSF. Cette voix annonce que les nos 6 et 7 doivent rejoindre leurs dépôts immédiatement et sans délai.

À l'intérieur du bazar, devant le poste de TSF, Mazel, debout, écoute gravement.

Autour de lui, ses employés et plusieurs clients.

Parmi les clients, le puisatier et Félipe qui tiennent à la main des outils neufs.

La voix se tait. La mobilisation générale est décrétée.

Un grand silence.

LE PUISATIER

C'est la guerre ?

MAZEL

J'en ai bien peur...

LE PUISATIER

En tout cas, c'est la mobilisation générale.

LE COMMIS

La mobilisation n'est pas la guerre...

MAZEL

On nous l'a déjà dit une fois. Tu as fait la dernière, toi, Pascal ?

LE PUISATIER

Eh oui ! J'ai passé mes quatre ans de misère... Mais celle-là, qui sait ce que ça va être ?

MAZEL

Oui, qui sait ?

Le puisatier et Félipe vont sortir.

MAZEL *(il montre les outils)*

C'est payé ça ?

LE PUISATIER

Oui, c'est payé.

MAZEL

Je disais ça parce qu'il n'y a pas de papier... Et puis, dans l'émotion de cette nouvelle.

LE PUISATIER

C'est pas l'émotion qui fait les voleurs... Viens, Félipe.

FÉLIPE

Ces outils-là, ils sont très bons, mais je m'en servirai pas beaucoup. Parce que, d'après ce qu'il vient de dire, je dois partir immédiatement et sans délai.

UN JEUNE HOMME

Alors, vous partez au train de huit heures, comme moi...

FÉLIPE

Huit heures juste ?

UN AUTRE

Vingt heures cinq. Ça fait huit heures cinq.

FÉLIPE

On sera pas seuls.

Il sort avec le puisatier.

LE PUISATIER

Tu es soldat fantassin ?

FÉLIPE

Moi, je suis dans le génie. Sapeur-mineur. Mais je suis sergent.

LE PUISATIER

Tu as des galons ?

FÉLIPE

J'en ai qu'un, mais il est doré.

LE PUISATIER

Comme un officier.

FÉLIPE

Oui, seulement, le mien, il est un peu penché.

LE PUISATIER

Tu dois être beau, tout habillé, avec le képi...

FÉLIPE

Ça ne me va pas mal. Je vais le mettre pour partir. Au mois de mars dernier, quand je croyais qu'on allait m'appeler, je me suis fait bien arranger ma tenue. Parce qu'on me la rembourse en arrivant à la caserne.

LE PUISATIER *(plein d'admiration)*

Alors, tu peux te faire faire un costume comme tu veux, et après on te le paie ?

FÉLIPE

Je peux le faire faire, mais pas comme je veux. Pas une redingote. Il faut naturellement que ça soit une tenue réglementaire de sergent...

Autour d'eux, des gens se hâtent. Il y a de petits groupes devant des affiches. Le marchand de journaux est en train de fermer sa baraque.

FÉLIPE

Oh, Garcin ! tu fermes ?

GARCIN

Eh oui ! je ferme – et demain matin, à six heures, ce n'est pas moi qui ouvrirai... Voilà.

FÉLIPE

Quelle classe tu es ?

GARCIN

21. Caporal, et service armé.

LE PUISATIER

Tu n'as pas fait la dernière ?

GARCIN

Non. Mais ça ne me console pas de faire celle-là.

FÉLIPE

Tu ne parles pas comme un bon Français.

GARCIN

Pourquoi ? Je ne refuse pas de partir. On m'appelle, j'y vais. Mais pour te dire la vérité, si on ne m'appelait pas, j'irais pas.

LE PUISATIER

Tu dis ça, mais enfin, tu iras quand même, et tu feras comme les autres...

GARCIN

Oh ça, bien sûr ! Je pars à huit heures cinq.

FÉLIPE

Comme moi.

GARCIN

Alors, à ce soir, à la gare. Je porterai un jeu de cartes !

Il s'éloigne.

LE PUISATIER

Qui est-ce qui t'accompagne à la gare ?

FÉLIPE

Personne. Ma sœur est placée à Marseille.

LE PUISATIER

Si tu veux, je t'accompagnerai avec Patricia.

FÉLIPE

Ça oui, alors, ça me ferait plaisir...

LE PUISATIER

Comme ça, elle te verra avec le costume – et peut-être tu auras le courage de lui parler.

FÉLIPE

Oui, un beau costume, ça donne du courage.

LE PUISATIER

Surtout un costume de soldat – avec le galon...

Il cligne un œil, finement.

LA GARE DE SALON, LE SOIR

Il y a une foule d'hommes et de femmes. Un certain nombre d'officiers ; quelques-uns sont grisonnants. Tous ont des musettes, des paquets, et parfois des ventres de petits-bourgeois.

Le puisatier, Félipe, Patricia et Amanda entrent sur le quai. Félipe, dans son uniforme, est transformé. Il est d'ailleurs chargé de musettes, son casque pend à sa ceinture. Il se tient très droit.

LE PUISATIER *(à voix basse)*

Je vais te laisser seul avec elle.

FÉLIPE

D'accord. Ce coup-ci, je parlerai.

LE PUISATIER *(à haute voix)*

Il reste encore vingt minutes ! Il faut aller boire à la buvette.

Ils s'en vont vers le buffet. Un commandant passe. Félipe le salue impeccablement.

LE PUISATIER *(à Patricia)*

Tu as vu s'il sait saluer ? Et le général lui a répondu. Et encore, il ne le connaît pas !

Ils arrivent devant la buvette.

LE PUISATIER

Entrez par là pour boire. Moi, je vais avec Amanda chercher quelque chose que j'ai oublié.

PATRICIA

Qu'est-ce que tu as oublié ?

LE PUISATIER *(mystérieux)*

Tu le verras quand je l'apporterai. Viens, Amanda, viens.

Il l'entraîne, un peu malgré elle. Félipe entre dans la buvette, Patricia le suit.

PATRICIA

Il va peut-être vous acheter des cigarettes.

FÉLIPE

Ça ne m'étonnerait pas, parce que je sais qu'il m'aime beaucoup. *(Très gêné.)* Et puis, je crois qu'il a voulu nous laisser seuls un moment ; oui, parce qu'il faut que je vous parle. Voilà ce que c'est. Asseyez-vous. *(Il la fait asseoir à une table vide, dans un coin. Il reste debout.)* Voilà. Ce que je vais vous dire, je voulais vous le dire le jour du métingue. Et puis, il est arrivé cette histoire d'ivrognerie que, quand j'y pense, j'ai tellement honte que j'en pleurerais. Et puis le malheur de l'oiseau... Et ça m'a empêché de vous dire ce que je voulais vous dire. Et ce que je voulais vous dire, je vais vous le dire. Donc...

Il se redresse brusquement, claque des talons, et salue un capitaine qui passe.

PATRICIA

Écoutez-moi, Félipe.

FÉLIPE

Ne me coupez pas, autrement, je suis perdu, et je ne pourrai plus parler. Voilà : ça fait trois ans que je vous connais. Alors, j'ai remarqué que, quand je vous vois, je suis content, et quand je vous vois pas, je suis pas content. J'ai remarqué que quand vous apportez le dîner à votre père au puits, moi, pendant qu'il est dans le puits, je change vite mon pain pour le sien – parce que son pain, vous l'avez touché – et alors, je le mange volontiers, et même je ramasse les miettes. Et puis, j'ai remarqué que les autres filles, quand vous êtes là, je ne les vois pas. Et puis, j'ai remarqué que quand je creuse au fond du puits, dès qu'on a passé les huit mètres, et qu'il commence à faire nuit, je rencontre votre jolie figure, et vous souriez sur mon travail... Et puis j'ai remarqué qu'il y a la mobilisation. Est-ce que vous commencez à comprendre ?

PATRICIA

J'ai compris depuis bien longtemps, Félipe... et je sais que vous seriez un bon mari pour moi. Mais je ne peux pas vous dire oui.

FÉLIPE

Ça veut dire non ?

PATRICIA

Ça veut dire non. Mais ma sœur Amanda vous aime, elle sera une bonne femme pour vous.

FÉLIPE

C'est pas votre sœur que je veux. C'est vous.

PATRICIA

Je ne peux pas. Je vous aime bien, Félipe. Je connais votre gentillesse et votre bonté.

FÉLIPE

Seulement, vous ne m'aimez pas. C'est embêtant. *(Un temps.)* Vous savez, on dit que, dans les ménages, il y en a toujours un qui aime plus que l'autre : eh bien, ça sera moi. On essaie ?

PATRICIA

Je ne peux pas. *(Elle baisse les yeux et parle à voix basse.)* J'ai fait une bêtise. Une bêtise très grave avec un garçon.

FÉLIPE *(il rougit brusquement,*
et il essaie d'écarter ce sujet de conversation)

Oh ! des bêtises, tout le monde en fait – surtout les filles, naturellement. Je ne dis pas que ça me fasse plaisir… Mais enfin, une femme belle qui n'est pas mariée, ça n'est pas étonnant qu'elle ait fait une bêtise. Et même, c'était inutile d'en parler ! Surtout à des personnes qui préféreraient ne pas le savoir…

PATRICIA

Même si j'avais voulu le cacher, je n'aurais pas pu. Dans quelques mois, j'aurai un enfant.

Félipe demeure stupéfait, et devient tout pâle.

FÉLIPE

Ça alors, c'est quelque chose. Ça, pour moi, c'est pire que la guerre. Pour les autres, non, naturellement. Mais pour moi...

PATRICIA

Et pour moi ?

FÉLIPE

Oui, c'est vrai, pour vous aussi... Qui c'est le père de cet enfant ?

PATRICIA

Un monsieur très riche...

FÉLIPE

Et qu'est-ce qu'il en dit ?

PATRICIA

Il ne le sait pas.

FÉLIPE

Mais enfin... Il faudrait le lui dire !

PATRICIA

Il est déjà parti pour la guerre.

FÉLIPE

Alors, qui sait s'il reviendra ?

PATRICIA

Même s'il en revient, je n'espère pas le revoir. Il ne m'aime pas, et je suis pauvre. Je ne lui demanderai jamais rien.

FÉLIPE

Mais votre père, lui, il ne le sait pas que vous avez fait cette bêtise ?

PATRICIA

Non, il ne le sait pas encore... Il aura tant de peine, par ma faute...

FÉLIPE

Si vous m'acceptiez comme mari, il n'y aurait qu'à dire que la bêtise, c'est moi. Puisque personne ne le sait, ça irait tout seul. À ma première permission, je vous marie. Si vous voulez, moi, je lui parle tout de suite : tant pis s'il me frappe !

PATRICIA

Merci, Félipe. Non, je ne veux pas. Je lui parlerai moi-même.

FÉLIPE

Vous avez peut-être encore de l'espoir, du côté de l'autre ?

PATRICIA

Aucun espoir.

FÉLIPE

Vous l'aimez, lui ? Vous l'aimez d'amour ? *(Elle baisse la tête. Il sourit tristement.)* Si pour les femmes c'est la même chose que pour les hommes, ça ne vous passera jamais. Enfin, si vous avez besoin de moi…

PATRICIA

Personne ne peut rien pour moi, que moi-même.

FÉLIPE

C'est bien malheureux… Oui, c'est malheureux…

PATRICIA

Tenez, voilà Amanda, elle vous apporte des cigarettes.

En effet, Amanda vient d'entrer, elle a un gros paquet carré. Le puisatier la suit.

AMANDA

Tiens, Félipe, c'est pour toi !

FÉLIPE

Patricia l'avait deviné, que vous étiez allés chercher des cigarettes.

LE PUISATIER

Les soldats, il faut leur faire des cadeaux. À la caserne, n'est-ce pas, personne vous fait des cadeaux. Alors, il faut que les amis y pensent. Vous avez dû beaucoup parler pendant que vous étiez tous les deux ?

FÉLIPE

Ah ! Moi, j'ai parlé tout le temps. J'ai parlé comme un ruisseau.

AMANDA

Et de quoi vous avez parlé ?

FÉLIPE

De tout. De la guerre, de l'avenir, de choses et d'autres, et de tout le reste.

LE PUISATIER

Cette guerre, ça doit être terrible pour les fiancés. Je viens d'en voir, là, sur le quai... Ils s'embrassent comme des fous... Parce qu'ils ne savent pas quand est-ce qu'ils reviendront... Mais enfin, pour se marier, on vous donne des permissions... Et puis, cette guerre, on dit que ça ne va pas durer bien longtemps. Toi qui as des galons, combien tu crois que ça va durer ?

FÉLIPE

Ma foi, moi, je n'en sais rien.

LE PUISATIER

Peut-être tu as ton idée, mais tu ne veux pas le dire ?

FÉLIPE

Oh, dites, Pascal ! si je savais quelque chose, je serais aussi fort que le Bon Dieu. En tout cas, cette guerre, il y en a peut-être que, pour eux, c'est une bénédiction : ceux qui avaient des dettes, ceux qui avaient des amours qui marchaient pas bien – ça va leur faire une occupation. Dans les plus grands malheurs, des fois, il y a un bon côté – pas pour tout le monde, bien entendu... Mais peut-être pour quelques-uns. Voilà le train.

En effet, on a entendu un coup de sifflet.

LE PUISATIER *(il se lève)*

Alors, voilà, il va partir.

FÉLIPE

Il le faut bien.

LE PUISATIER *(soucieux)*

Peut-être ils vont nous le tuer.

PATRICIA

Pourquoi ?

LE PUISATIER

Parce qu'il va à la guerre !

FÉLIPE

Non, Pascal, on tue pas tout le monde à la guerre. En tout cas, pas tout de suite...

LE PUISATIER

Oh ! je ne dis pas qu'ils vont te tuer tout de suite ! Je dis que tu risques ta vie, ce qui prouve que tu as du courage. N'est-ce pas, Patricia ? Il a du courage.

Le groupe sort de la cantine et va sur le quai de la gare.

LE PUISATIER

Et puis, il faut se dire qu'il aura des permissions. *(À Félipe, avec regret.)* C'est dommage que ton père soit mort l'année passée. S'il avait attendu jusqu'au mois prochain, ça t'aurait fait une permission de plus.

FÉLIPE

Il aurait bien voulu attendre, mais il n'a pas pu.

LE PUISATIER

Tant pis. Eh, tiens ! tout d'un coup, je pense que tu n'es pas marié. Pour se marier aussi, on vous donne des permissions. *(À Patricia.)* Si des fois il avait envie de se marier, on lui donnerait une permission. Pas bien longue – mais enfin une permission. *(Amanda, tout d'un coup, se met à pleurer.)* Qu'est-ce que tu as, toi ? Qui est-ce qui te parle ? Tu veux deux gifles, non ? Allez marche, et renifle pas.

Tout à coup, dans un grondement de ferraille, un train haletant entre en gare. Les freins crient, et la longue masse noire s'arrête devant ceux qui vont partir.

DANS LA SALLE À MANGER DU PUISATIER

C'est le soir. Il lit le journal. Patricia descend de la chambre. Elle porte une petite corbeille pleine de chemises d'enfant, et une boîte de carton qui est sa boîte à ouvrage.

PATRICIA

Qu'est-ce qu'ils disent de la guerre ?

LE PUISATIER

Qu'il n'y a plus guère d'espoir… *(Il se lève, il va allumer sa pipe au feu.)* Dire que j'aurai vu ça deux fois dans ma vie…

PATRICIA

La première fois, tu l'as vu de plus près.

LE PUISATIER

Oh ! celle-là, avec l'aviation, je crois que tout le monde en profitera…

PATRICIA

Enfin, les batailles ne sont pas commencées ?

LE PUISATIER

Non. En Pologne, oui, mais pas chez nous. Enfin, pas encore. Mon pauvre Félipe, je le verrai peut-être pas de longtemps. Il ne t'a rien dit à la gare ?

PATRICIA

Si. Il m'a parlé.

LE PUISATIER

Je savais qu'il voulait te parler. Je vous ai laissés tout seuls exprès. Oui, exprès.

PATRICIA

Je sais.

LE PUISATIER

Alors, il t'a demandée ?

PATRICIA

Oui, il m'a demandée.

LE PUISATIER

Et qu'est-ce que tu lui as répondu ?

PATRICIA

Je lui ai dit non.

LE PUISATIER

Je ne sais pas si tu as eu raison. Si cette guerre prend feu, il restera plus de filles que d'hommes. Et Félipe, ce n'est pas un prince, mais c'est un bon homme. Tant qu'il y aura des pioches sur la terre, Félipe peut nourrir une famille. Tu lui as dit non pour du bon ?

PATRICIA

Je ne pouvais pas lui dire oui.

LE PUISATIER

Pourtant, ça serait bien commode : il habite à côté. Et puis, il a une bonne santé, même quand il est malade. Il vient travailler tous les jours, et jamais il se plaint de rien. Il n'est pas bien joli garçon, naturellement, et sa mère lui a fait une drôle de tête. Mais enfin, ça, c'est pas le plus important... Il y a aussi la gentillesse...

PATRICIA

Je ne pouvais pas dire oui.

LE PUISATIER

Enfin, ça te regarde. Tu attends peut-être un prince d'Amérique : mais des princes, il n'y en a plus.

Il se lève, il va au buffet, et se verse un verre de blanche. Patricia le regarde un instant. Elle hésite. Puis, elle dépose son ouvrage et elle fait un pas vers lui.

PATRICIA

Père, il faut que je te dise quelque chose. Quelque chose de grave.

LE PUISATIER *(inquiet)*

À propos de Félipe ?

PATRICIA

À propos de moi.

LE PUISATIER *(il essaie de rire)*

Tu me fais peur !

PATRICIA

Et pourtant, j'ai plus peur que toi. Mais il faut que je te le dise. Écoute, père...

LE PUISATIER

Attends. Tais-toi. Si c'est que tu es amoureuse d'un autre garçon, j'aimerais mieux que tu ne le dises pas. C'est au garçon à venir me le dire. Lui, il entre, il me dit : « Pascal, je veux épouser votre fille, parce qu'elle me plaît et que je lui plais, et que nous nous fréquentons. » Ça, on se le dit entre hommes, et c'est sérieux. Mais toi, si tu me dis qu'un garçon t'a embrassée, je vais devenir tout rouge comme un gratte-cul. Parce que moi, les histoires de filles, je sais pas les écouter.

PATRICIA

Tu es mon père. Si j'ai un secret, c'est à toi qu'il faut que je parle.

LE PUISATIER

Mais ce garçon ne peut pas venir faire les choses comme il faut ? *(Elle se tait.)* Il est peut-être parti à la guerre ?

PATRICIA

Oui, il est parti. Mais même s'il n'était pas à l'armée, il ne viendrait pas me demander.

LE PUISATIER

Pourquoi ?

PATRICIA

Parce que je ne suis pas une femme pour lui.

LE PUISATIER *(perplexe)*

Qu'est-ce que ça veut dire, ça ?

PATRICIA

Il ne me voudrait pas.

LE PUISATIER *(il rit sincèrement)*

Qui c'est celui-là, s'il ne te veut pas ? Fais-le-moi voir, par curiosité, un garçon qui ne te veut pas ! C'est peut-être le roi d'Angleterre.

PATRICIA

Non, mais pour nous, c'est la même chose.

LE PUISATIER

Eh bien, s'il ne veut pas venir te demander, tant mieux – et ce n'est pas la peine d'en parler.

Il reprend son journal et sa pipe. Patricia va près de lui.

PATRICIA

Il faut pourtant que je t'en parle, et que je te dise qui c'est. Le garçon que j'ai aimé...

LE PUISATIER *(brusquement)*

Aimé ? Alors, tu le connais depuis longtemps ?

PATRICIA

Non. Je l'ai vu deux fois.

LE PUISATIER

Tu l'as vu deux fois, et tu dis que tu l'as aimé ? Moi, ta mère, je l'ai regardée pendant cinq ans avant de savoir que je l'aimais. C'est vrai qu'aujourd'hui il y a la TSF et l'aviation : ça va plus vite. Qui est-ce ?

PATRICIA

C'est Jacques Mazel, le fils du bazar.

LE PUISATIER

C'est à cause de lui que tu ne veux pas Félipe ?

PATRICIA

Oui, c'est à cause de lui.

LE PUISATIER

Je ne l'ai jamais vu... Ça doit être un enfant de riche ?

PATRICIA

Il est très beau, et je crois qu'il n'est pas méchant.

LE PUISATIER

Il t'a promis quelque chose ?

PATRICIA

Non, père. Il ne m'a rien promis, mais moi je lui ai tout donné.

Un grand silence. Pascal est très pâle, il respire profondément.

LE PUISATIER *(à voix basse)*

Tu as fait le péché ? *(Elle baisse la tête. Alors le puisatier dit très simplement :)* Moi, je croyais que tu étais un ange...

PATRICIA

Les anges ne sont pas sur la terre. Je suis comme les autres filles. J'ai toujours voulu le bien, et puis tout à coup, j'ai fait le mal. Je suis malheureuse.

LE PUISATIER

Tu t'es confessée ?

PATRICIA

Oui, père.

LE PUISATIER

Tu es pardonnée ?

PATRICIA

Oui, père. *(Un silence.)* Est-ce que tu me permets de m'approcher de toi ?

LE PUISATIER

Tu es ma fille. Ton malheur est à moi. Viens. *(Elle s'avance. Il la prend dans ses bras.)* Puisque tu es pardonnée, tu n'aurais pas dû m'en parler. Toi, tu étais l'œuf de la poule blanche, tu étais la fée des sources ; quand tu parlais, j'écoutais pour apprendre... Mais maintenant, je sais que tu es une femme, et je suis plus pauvre que tout à l'heure... Assieds-toi, que tu trembles toute...

PATRICIA

Tu ne sais pas le plus terrible. Il y a encore autre chose. Quelque chose que tout le monde verra.

LE PUISATIER

Tu en es sûre ?

PATRICIA

Oui, j'en suis sûre...

Pascal pousse un profond soupir. Il s'éloigne de sa fille, il va s'asseoir, la tête entre ses mains.

LE PUISATIER

Si ta mère n'était pas morte, ça ne serait pas arrivé. *(Un temps.)* Ce garçon, il sait ce qui nous arrive ?

PATRICIA

Non, il ne sait rien.

LE PUISATIER

Il faut d'abord lui faire savoir.

PATRICIA

Je ne connais pas son adresse : il est au front.

LE PUISATIER

Il faut parler à ses parents. Moi, je connais M. Mazel, du bazar. Ce matin encore, il m'a parlé. C'est un honnête homme. Souvent, j'ai acheté des outils chez lui. C'étaient de bons outils, et pas chers. Et puis, des fois, quand je marchandais, il me faisait deux ou trois francs de moins, parce qu'il savait que j'ai tant de filles à nourrir. Je crois que c'est un bon homme, M. Mazel. J'irai lui parler.

PATRICIA

Et tu lui diras quoi ?

LE PUISATIER

La vérité, tout comme elle est. Si cet homme a une conscience, il nous rendra l'honneur qu'ils nous ont pris. Nous irons demain matin.

PATRICIA

Et s'il refuse ? Et s'il te met à la porte ?

LE PUISATIER

Ça serait un grand malheur, parce qu'alors... Il ne nous resterait plus rien... Je ne pourrais plus te garder à la maison.

PATRICIA

Je sais.

CHEZ LES MAZEL, DANS LA SALLE À MANGER

Il est midi, M. Mazel entre. Sa femme est en train d'écrire une lettre, sur un petit secrétaire.

MAZEL

On mange, ou on ne mange pas ?

MME MAZEL

Toi, je ne sais pas ce qu'il faudrait pour te faire perdre l'appétit.

MAZEL *(il affecte une gaieté factice)*

Ma chère amie, je ne vois pas pourquoi, après cinq heures de présence au magasin, je refuserais stoïquement de satisfaire mon appétit. Ça servirait à quoi ? Si, en faisant la grève de la faim, je pouvais arrêter la guerre de Pologne, je te jure que je n'hésiterais pas une seconde. Mais je sais, par malheur, qu'un jeûne prolongé de ma part ne servirait à rien, qu'à faire tomber la peau de mon ventre sur mes genoux, ce qui serait disgracieux. Et comme j'aime mon fils autant que toi, je vais manger comme d'habitude afin de lui conserver un père. *(Il appelle.)* Mélanie ! Mélanie !

La bonne entre. Elle a l'air étonnée.

MÉLANIE

Monsieur, il y a Pascal le puisatier qui est là. Il veut parler à Monsieur et à Madame.

MAZEL

À propos de quoi ?

MÉLANIE

Il dit que c'est très sérieux. Mais il est venu avec toutes ses filles : elles sont six.

MAZEL

Il est devenu fou ?

LA BONNE

Il a l'air bien calme et bien poli.

MME MAZEL

Il vient certainement nous demander la charité !

La porte s'ouvre, le puisatier entre délibérément.

LE PUISATIER

Non, madame, pas la charité. Jamais, de toute ma vie, je n'ai demandé la charité : je ne commencerai pas aujourd'hui.

MAZEL

Ne te fâche pas, Amoretti. Je sais que tu es un bon travailleur. Il lui faut une pioche neuve tous les six mois. On n'use pas autant de pioches quand on vit de la charité.

LE PUISATIER

Merci, monsieur Mazel. Je vous remercie bien.

MAZEL

Mais pourquoi m'amènes-tu tant de belles petites filles ?

LE PUISATIER *(gravement)*

C'est pour vous faire voir qu'elles sont belles. *(Il prend la petite Roberte, et la met debout sur une chaise.)* Celle-là, c'est la dernière, elle a quatre ans. Regardez un peu ces mollets : c'est ferme comme du poulet de grain. Et comme intelligence, vous n'avez jamais rien vu de pareil. Roberte, dis bonjour à M. Mazel.

ROBERTE

Bonjour, monsieur Mazel.

LE PUISATIER

Envoie un baiser à la dame.

La petite Roberte envoie un baiser en souriant.

MME MAZEL *(assez sarcastique)*

Elle a fort bien retenu sa leçon.

LE PUISATIER *(ravi)*

Oh oui ! elle a bonne mémoire. Et regardez les autres : regardez les joues de Léonore ! Voilà de la santé. Voilà ce qui prouve que le sang est bon, monsieur Mazel. Et toutes, elles ont le blanc de l'œil un peu bleu comme l'eau des puits. Voilà mes filles, monsieur, madame.

Mme Mazel a reconnu Patricia au premier coup d'œil. Elle s'adresse à Pascal d'une voix sèche, avec un sourire froid.

MME MAZEL

Et vous venez me dire quoi ?

LE PUISATIER

Je vais vous le dire quand elles seront sorties. Amanda, emmène-les, et reste avec elles.

Les petites sortent comme à l'école. Pascal reste auprès de sa fille. Mme Mazel sourit toujours.

MME MAZEL

Je ne comprends pas très bien pourquoi vous venez donner des ordres ici.

LE PUISATIER

Oh ! madame, je ne commande à personne, qu'à mes filles. Mes filles et ma pioche, voilà tout ce que je commande. Approche-toi, Patricia.

Elle fait un pas en avant les yeux baissés. Mme Mazel sourit de plus en plus ; et elle se tourne vers son mari, qui ouvre de grands yeux.

MME MAZEL

Je ne crois pas beaucoup me tromper en supposant qu'il s'agit d'un chantage.

MAZEL

Marie, il ne faut pas se hâter de juger : je connais Pascal, c'est un honnête homme.

LE PUISATIER

Merci, monsieur Mazel.

MME MAZEL

Il a une fille un peu trop jolie, et qui tient les yeux baissés comme une vraie sainte nitouche.

LE PUISATIER

Si elle tient les yeux baissés, c'est qu'elle a peut-être une raison. Et d'être trop jolie, je ne comprends pas ce que ça veut dire. Jamais une fille n'est trop jolie, et vous, madame Mazel, quand vous aviez dix-huit ans, ça vous aurait peut-être fait plaisir si vous aviez été aussi jolie qu'elle.

MME MAZEL

Dieu merci, je n'ai jamais eu cet air-là.

LE PUISATIER

Je sais bien, je sais bien... Oh, vous n'avez pas dû être mal ! Seulement, vous dites qu'elle est trop jolie. Il faut penser qu'elle a dix-huit ans et quatre mois. C'est le bel âge pour les filles... Elle, ce qui vous surprend, je sais ce que c'est : elle n'a pas l'air d'être la fille du puisatier... Mais ça, ce n'est pas un crime, je trouve. Et nous autres, à la maison, nous le disons souvent : « Patricia, c'est une princesse. »

MME MAZEL

Eh bien, c'est entendu, et nous vous félicitons d'être le père d'une princesse. Ensuite ?

LE PUISATIER

Moi, j'ai une fille qui est une princesse. Et vous, vous avez un fils – et d'après ce que l'on m'a dit, c'est un prince. Il est au front en ce moment ?

MME MAZEL

Ce que peut faire mon fils ne vous regarde pas.

Pascal parle soudain brutalement.

LE PUISATIER

Ce qu'il fait ne me regarde pas, mais ce qu'il a fait à ma fille me regarde.

MME MAZEL

Nous y voilà ! *(Elle se lève.)* Eh bien, il est parfaitement inutile de continuer cette conversation. Je ne désire pas du tout savoir ce qui s'est passé entre mon fils et votre fille. *(À Patricia)*. Il ne vous a pas battue ?

PATRICIA

Non, madame.

MME MAZEL

Il ne vous a pas terrorisée, ni menacée avec un revolver ?

PATRICIA

Oh non, madame ! Ce qui arrive est surtout de ma faute.

LE PUISATIER

Elle me l'a déjà dit.

MAZEL *(charmé)*

À la bonne heure ! Voilà une honnête fille ! *(Mme Mazel ricane joyeusement.)* Enfin, je veux dire une fille qui parle honnêtement, et qui dit les choses comme elles sont !

LE PUISATIER *(avec conviction)*

Oh ! ça, elle ne ment jamais. Ça, c'est parce qu'elle a eu une très bonne éducation. Elle a été élevée chez les bonnes sœurs, à Paris, qui est beaucoup plus grand que Salon...

MME MAZEL

Je crains bien que les bonnes sœurs n'aient perdu leur temps avec elle. Car enfin, si je comprends bien, vous prétendez avoir été la maîtresse de mon fils ?

Patricia baisse la tête.

MAZEL

N'emploie pas de mots blessants, je te prie.

MME MAZEL *(sarcastique)*

C'est vrai. Il serait cruel de choquer sa pudeur de jeune fille ! *(Elle rit aux éclats.)* Je suis pourtant bien obligée d'appeler les choses par leur nom. Enfin, elle déclare qu'elle a été la maîtresse de Jacques. Ce qui prouve que les bonnes sœurs n'ont pas pu changer sa moralité. Eh bien, brave homme, écoutez-moi : s'il me fallait recevoir ici toutes les filles qui ont eu des bontés pour mon fils, la maison ne serait pas assez grande. Donc, n'en parlons plus, et retirez-vous.

MAZEL *(il se lève à son tour)*

Oui, Pascal. Cette conversation est un peu ridicule. Remarque bien, ce qu'ont pu faire ces jeunes gens, je n'en sais rien, et je ne veux pas le savoir. En tout cas, ce n'est certainement pas criminel, et si c'est ce que je pense, ils ne l'ont pas inventé. Mais, ce qui ne serait pas joli, Pascal, ce qui serait même très laid, ce serait d'essayer d'en tirer profit. D'ailleurs, je ne t'en crois pas capable : aussi, ce que tu as de mieux à faire, c'est de t'en aller avec tes filles – et de les surveiller d'un peu plus près, si tu ne veux pas qu'elles se laissent conter fleurette.

PATRICIA

Viens, père. Allons-nous-en.

LE PUISATIER

Attends, petite. Ils n'ont pas compris. Monsieur Mazel, fleurette, c'est au printemps, c'est joli, ça n'a pas d'importance – après vient l'été, puis l'automne – et sous les feuilles, il pousse les fruits. Vous me comprenez ?

MME MAZEL

Fort bien ! Voilà le chantage. André, fais sortir ces gens-là, tout de suite – sinon, j'appelle les gendarmes.

LE PUISATIER

Les gendarmes ? Parce que votre fils a donné un enfant à ma fille, vous voulez appeler les gendarmes ? Qu'est-ce qu'ils vont y faire les gendarmes ? Vous croyez qu'ils vont l'accoucher tout de suite ?

MAZEL

Calme-toi, Marie. Nous ne risquons absolument rien. Cet homme-là est probablement de bonne foi. Qu'il essaie de tirer parti de la situation, c'est certain. Mais il est inutile de faire du scandale avant de s'être expliqué très clairement.

Mme Mazel, pourtant, ne se contient plus.

MME MAZEL

Parbleu ! Quand un garçon est beau, et qu'il a de l'argent, il faudrait qu'il baisse les yeux s'il rencontre une fille pauvre. Sans ça, rien qu'en la regardant, il lui fait des jumeaux.

LE PUISATIER

Les femmes parlent beaucoup : elles ne réfléchissent qu'après. *(À Mazel.)* Vous, l'homme, vous allez dire quoi ?

Mazel regarde tour à tour sa femme, le puisatier et Patricia. Puis il interroge la fille, sans dureté, mais assez froidement, comme s'il discutait une affaire. Patricia répond à voix basse, mais sans baisser les yeux.

MAZEL *(à Patricia)*

Vous avez connu mon fils quand ?

PATRICIA

Un matin, dans la campagne. Il pêchait. C'était la veille de la fête de l'aviation.

MAZEL

Vous ne l'aviez jamais vu avant ?

PATRICIA

Non, jamais.

MAZEL

Et vous l'avez revu quand ?

PATRICIA

Le lendemain à la fête… Il m'a invitée chez lui.

MME MAZEL

Ici ? Allons donc !

Elle rit.

PATRICIA

Non, pas ici, chez lui.

MME MAZEL

Mais elle est folle ! Chez lui ! Et où donc ?

PATRICIA

C'est dans une petite rue, au premier étage…

MME MAZEL *(frappée au cœur)*

Il a une garçonnière ? *(À Mazel.)* Tu vois bien qu'elle ment !

MAZEL *(très gêné)*

Mais non, elle ne ment pas. Mais, évidemment, qu'il a une garçonnière ! Un officier de vingt-six ans, ce n'est plus un enfant de Marie !

MME MAZEL

Il a une garçonnière – et tu le savais ! Tu l'as peut-être aidé à l'installer ! Pour que mon fils puisse amener chez lui les Marie-couche-toi-là et les Joséphine-à-la-renverse ! Ah, tu peux être content maintenant ! Car le résultat de ces turpitudes, tu le vois : le chantage !

LE PUISATIER *(noyé)*

Mais qui est-ce qui chante ici ? Personne ne chante : on parle. On s'explique.

MME MAZEL *(elle reprend son calme, mais elle parle méchamment)*

Alors, ça s'est passé chez lui, comme vous dites ?

PATRICIA

Non, madame. Le soir, la voiture de Félipe ne marchait pas bien – votre fils m'a ramenée sur sa moto – et nous nous sommes arrêtés en route.

LE PUISATIER *(indulgent et presque poétique)*

Au clair de lune. Voilà. Au clair de lune, de tout sûr.

MAZEL

Et vous ne l'avez jamais revu ?

PATRICIA

Il est parti le soir même pour l'Afrique. Enfin, c'est ce qu'on m'a dit.

MAZEL

Et qu'est-ce qui nous prouve que cet enfant est de mon fils ?

PATRICIA

C'est qu'il ne peut pas être d'un autre.

MME MAZEL

C'est justement ce qui reste à démontrer !

LE PUISATIER *(qui ne comprend pas)*

Quoi ?

MAZEL *(un peu gêné et presque hypocrite)*

S'il s'agissait d'une liaison ancienne... Si mon fils m'en avait parlé depuis un an... ou même depuis quelques mois... S'il y avait entre eux des liens solides... Enfin, des rendez-vous nombreux... Des lettres... par exemple ! Est-ce que vous avez des lettres ?

Il y a dans cette question une certaine inquiétude.

PATRICIA

Non, je n'ai rien. Je n'ai que l'enfant.

MAZEL *(soulagé)*

Un enfant, ce n'est pas signé comme une lettre… Enfin, si j'étais sûr que cet enfant fût de mon fils, je vous aiderais volontiers. Je vous donnerais une certaine somme d'argent…

MME MAZEL

De l'argent ? Si tu leur donnes seulement cent francs la chanson va durer vingt ans ! Ah, mais non !

LE PUISATIER *(candide)*

Qui est-ce qui vous demande de l'argent ?

MAZEL

Personne n'en demande, et d'ailleurs, je ne donnerai pas un sou, parce que cette histoire me paraît suspecte… Votre aventure, ma petite fille, fut un peu trop rapide ; il me semble que votre vertu n'était pas trop sévèrement gardée, et je ne puis m'empêcher de penser que, lorsque ça vous prend si vite, c'est que ça vous prend souvent.

LE PUISATIER

Alors, quand ma fille dit quelque chose, vous ne la croyez pas ?

MME MAZEL *(ironique)*

Et vous, brave homme, vous la croyez ?

LE PUISATIER

Oui, madame, je la crois, parce qu'elle n'a jamais menti.

MME MAZEL

Jamais ?

LE PUISATIER

Jamais.

MME MAZEL

Alors, quand elle est revenue de la fête de l'aviation, elle vous a dit gentiment : « Papa, j'ai passé mon après-midi dans une garçonnière, et au clair de lune, je me suis roulée dans l'herbe tendre avec un aviateur. » Elle vous l'a dit ?

LE PUISATIER *(déconcerté)*

Non. Ces choses-là, bien sûr qu'une fille ne les dit pas...

MME MAZEL

Donc, elle vous a menti ?

LE PUISATIER

Une fois comme ça, peut-être, parce qu'elle avait honte... Mais si vous la connaissiez...

MME MAZEL

Mais je la connais, maintenant ! Je la connais aussi bien que vous ! C'est une charmante sainte nitouche, qui voit un garçon deux fois en deux jours, et qui ne lui refuse rien. C'est tout ce que j'en sais, mais c'est très suffisant ! Comme elle a plus de dix-huit ans, elle a dû, dans sa vie, rencontrer bien d'autres garçons. Et le jour où elle a un ennui, c'est certainement le plus riche qui en est l'auteur. Eh bien, non ! Non ! Mon fils ne paiera pas pour les autres. Non !

LE PUISATIER *(à Mazel)*

Et vous, qu'est-ce que vous en dites ?

MAZEL

Je dis, Pascal, que tu connais bien mieux les pioches que les filles. Tu le pensais, toi, qu'elle était capable de faire ce qu'elle a fait ?

LE PUISATIER

Non, ça, je ne le croyais pas. Pas avant le mariage. Ça non !

MAZEL

Donc, tu ne la connais pas du tout. Les filles, Pascal, les hommes – et surtout leur père – n'y comprennent jamais rien. Pourtant, comme tu es un brave homme, je vais d'abord écrire à mon fils...

MME MAZEL

Allons donc ! Tu ne vas pas ennuyer Jacques avec des histoires pareilles : il a bien autre chose à faire.

PATRICIA

Il est en première ligne ?

MME MAZEL

Il est pilote de chasse, c'est-à-dire qu'il risque sa vie tous les jours. Nous n'allons pas lui mettre martel en tête parce que la fille du puisatier a mal au cœur. *(À Patricia.)* Si mon fils vous a tenue dans ses bras cinq minutes, c'est un grand honneur qu'il vous a fait.

LE PUISATIER

Eh bien, nous nous en contentons.

PATRICIA

Nous partons, père ?

LE PUISATIER

Oui, nous partons. Mais avant, monsieur Mazel, il faut que je m'explique un peu. Votre dame, elle a l'air de croire que je suis venu pour voler le tiroir de la caisse. Elle se trompe beaucoup. Moi, je vous ai fait cette visite pour vous dire ce qui se passait. Un soir, dans le malheur de ma fille, je trouve un enfant. Pour moi, c'est comme si j'avais trouvé un porte-monnaie. Quand on est honnête, on se dit tout de suite : « À qui il est ce porte-monnaie ? » Alors, moi, j'ai dit à ma fille : « À qui il est cet enfant ? » Elle me dit : « Il est à Jacques Mazel. » Alors j'ai pensé : « Il faut aller prévenir son père. » Et moi j'espérais que vous me diriez : « Puisque c'est comme ça, mon fils va demander une permission, et il viendra pour se marier. » Moi, de mon côté, j'aurais pas refusé la permission à Patricia. Et puis, un jour, cet enfant serait né, et nous aurions tiré le feu d'artifice. Voilà, ce que je croyais. J'étais bête, je ne vous connaissais pas. Maintenant, je comprends qu'il faut se méfier des gens qui vendent des outils, mais qui ne s'en servent jamais. Vous avez refusé la fille et l'enfant. Vous n'avez pas eu raison. Vous avez refusé et vous m'avez expliqué des idées mauvaises que je n'avais pas, et qui vont me travailler la tête, maintenant, même au fond du puits. Cet enfant, maintenant, je ne sais plus de qui il est, ça sera un enfant sans nom. Ma fille, maintenant, c'est la fille perdue. Et même elle est perdue pour moi.

MME MAZEL

En somme, c'est à cause de nous qu'il va chasser sa fille : autre forme de chantage.

LE PUISATIER

Celle-là, elle parle tout le temps de chanter : moi, je sais bien que je n'en ai pas envie. Viens, Patricia.

Il se dirige vers la porte. Sa fille le suit.

MME MAZEL

Il est évident que demain ils vont raconter cette histoire à tout le monde.

LE PUISATIER *(il se retourne brusquement)*

Non, madame. Non. Ce ne sont pas des choses à dire. Moi, je ne le raconterai pas. Mais vous, ne dites rien non plus. L'histoire est bien triste pour nous ; mais pour vous elle est bien vilaine. Bon appétit, messieurs et dames.

Il referme la porte. Mazel reste pensif, puis il hausse les épaules.

MAZEL

Tu penses bien que des filles comme ça, Jacques en a eu tant qu'il en a voulu !

MME MAZEL

Mais c'est le chantage classique ! Avec nous, ça ne prendra pas ! C'est trop facile !

MAZEL

Et elle, elle a l'air si douce, si distinguée.

MME MAZEL

Mon pauvre ami ! Ce sont les plus dangereuses ! Il est certain que cette fille était enceinte quand elle s'est jetée à la tête de Jacques... Et lui, ce grand benêt, s'il avait été là, il aurait peut-être marché ! Ah ! les hommes sont si bêtes !

MAZEL

Qu'est-ce que tu en sais !

Mais Mme Mazel hausse les épaules et ne répond pas.

SUR UNE ROUTE

Le puisatier s'avance, suivi de ses filles. Patricia a la tête basse. Les petites ne parlent pas. Ils arrivent au croisement de deux routes. Pascal s'arrête.

LE PUISATIER

Amanda, passe devant avec les petites. Attendez-moi, là-bas, près de cet olivier. *(Il retient Patricia par le bras. Il attend que les petites filles se soient éloignées. Elles se rangent au bord de la route. Alors, il parle gravement à Patricia qui est très pâle.)* Voilà, c'est maintenant que je vais te perdre.

PATRICIA

Je le savais, père.

LE PUISATIER

Le car passe à deux heures, au bout de cette route. Tu le prendras et tu iras à Fuveau. Voilà les sous. Tu iras chez ma sœur Nathalie. Elle est blanchisseuse, là-bas. Tu lui diras ce qui se passe. Elle te comprendra, parce qu'elle a fait des bêtises graves, elle aussi. Elle s'occupera de toi. Moi, ce n'est pas que je ne t'aime pas. Au contraire, je t'aime à un point que je n'ai jamais voulu te faire voir. Seulement, voilà : ils ne t'ont pas voulue. J'ai fait ce que j'ai pu, au grand jour, simplement. Tu l'as vu : ils ne te veulent pas, et ils ont dit que peut-être leur garçon n'était pas le seul... Alors, il faut que tu t'en ailles... D'abord à cause des petites. Dans quelque temps, elles commenceraient à poser des questions. Et puis, il y a les voisines. Elles regarderaient tout le temps ton tablier, et elles en parleraient, le matin, à la boulangerie. Et puis, il faut que tu refasses ta vie – ailleurs, pas ici – ici, tu serais une fille perdue.

PATRICIA

Ma vie est perdue, n'importe où que j'aille...

LE PUISATIER

Ici plus qu'ailleurs. Ici, tu ne peux plus te marier. Oh ! je sais bien qu'il y a des veuves qui se remarient. Mais, pour toi, ce n'est pas pareil. Toi, si tu épousais un garçon de Salon, et même si tu lui disais la vérité, il n'oserait pas sortir, le dimanche, pour aller se promener avec toi sur les allées de Craponne, parce que si vous rencontriez Jacques Mazel, toi tu deviendrais toute rouge, et lui, il deviendrait tout pâle, et il n'oserait pas lever les yeux. Une femme n'a pas le droit de faire baisser le regard de son mari. Il faut que tu partes, et le plus vite c'est le mieux.

PATRICIA

J'y ai pensé toute la nuit, et je suis prête.

LE PUISATIER

Je te ferai porter tes affaires par le car. Je les mettrai dans une caisse, et je les porterai au car.

PATRICIA

Je voudrais qu'on m'y mette moi, dans une caisse, et qu'on me porte au cimetière.

LE PUISATIER

Mais non, mais non. Ça n'effacerait rien. Va chez Nathalie. Alors, adieu. Après ce que tu as fait, je n'ai plus le droit de t'embrasser, et puis je n'en ai pas envie. Mais, à cause des petites qui regardent, il faut que je t'embrasse. Approche-toi. *(Il la baise au front.)* C'est à cause des petites. Adieu.

PATRICIA

Adieu, père.

LE PUISATIER

Fais semblant de dire adieu avec ton mouchoir. C'est à cause des petites. Adieu.

Elle s'en va, sur la grande route grise, bordée de vergers d'oliviers. Une ou deux fois, elle se retourne, elle agite son mouchoir, elle est bientôt toute petite, et derrière une côte, elle disparaît.

Amanda se tourne vers son père.

AMANDA

Où elle va ?

LE PUISATIER

Chez tante Nathalie.

ISABELLE

Pour quoi faire ?

LE PUISATIER

Ça ne te regarde pas.

ÉLÉONORE

Elle est malade, tante Nathalie ?

LE PUISATIER

Oui, elle est malade.

MARIE

Alors, Patricia va la soigner ?

LE PUISATIER

Oui, c'est ça. Rappelez-vous-en bien, si on vous le demande. Tante Nathalie est malade, et Patricia est allée la soigner. Venez à la maison.

Il s'éloigne, le dos voûté, au milieu des petites filles qui tiennent toute la largeur de la route.

UN MATIN DANS LA GARE DE SALON

D'un train, Félipe descend. Il est en permission. Amanda vient au-devant de lui.

FÉLIPE

Bonjour, Amanda.

AMANDA

Bonjour, Félipe !

Il la prend dans ses bras, et lui applique un gros baiser sur chaque joue, fraternellement – et pourtant, elle devient toute rouge. Il rit de grand cœur. Elle marche à ses côtés.

AMANDA

Tu as combien de jours de permission ?

FÉLIPE

Trente jours ! Oui, un mois ! C'est une permission de convalescence.

AMANDA

Tu as été blessé ?

FÉLIPE

On m'a coupé un bras en long, depuis l'épaule jusqu'au poignet.

AMANDA

Mon Dieu, que c'est beau !

FÉLIPE

Non, écoute, non, ce n'est pas si beau que ça. À toi, je vais te le dire, mais il faut le dire à personne. Écoute : au front, j'ai demandé à être dans un groupe franc. C'est ceux qui font les patrouilles, et qui se battent tous les jours – ou presque tous les jours. On m'a tiré dessus. Il y a même une mitrailleuse qui a fait sonner mon casque comme un angélus du soir. Et une nuit, j'ai fait deux prisonniers : on m'a donné la croix de guerre devant tout le bataillon. Regarde...

AMANDA

Tu es un héros, Félipe !

FÉLIPE *(sombre)*

Eh, malheureusement non ! Tu sais où j'ai été blessé ? Au repos, à l'arrière, dans un bistrot, en jouant au bilboquet. Oui, il y avait un gros bilboquet de malheur, avec une boule comme un melon. J'ai voulu faire celui qui sait jouer et la boule m'a frappé à l'épaule. Sur le moment, ça ne m'a pas fait bien mal. Le soir, mon bras était gros comme un jambon. À l'hôpital, un peu plus, on me le coupait en travers. Ce qui prouve que, pour être un héros, ça ne suffit pas d'avoir du courage : il faut aussi avoir la chance – et moi, de la chance j'en ai jamais eu.

Il a dit ces derniers mots avec un sourire mélancolique.

AMANDA

Pourquoi tu dis ça ?

FÉLIPE

Je me comprends. Enfin, ne le dis à personne – parce que ma croix de guerre, je l'ai méritée, et j'en suis fier.

Mais si on savait que je suis la victime du bilboquet, les gens penseraient peut-être qu'on a eu tort de décorer un pareil couillon. Alors, ici, il y a du nouveau ?

AMANDA

Non.

FÉLIPE

Et ton père ?

AMANDA

Il est toujours pareil, comme je t'ai dit dans ma lettre.

FÉLIPE

Et elle ?

AMANDA

Je ne sais pas. Le père a reçu une lettre de la tante, avant-hier. Il en a fait une boule, il l'a jetée dans le fourneau.

FÉLIPE

Sans la lire ?

AMANDA

Sans la lire. Surtout, tu sais, ne lui en parle pas. Il devient blanc comme le papier, et il prend une colère terrible.

FÉLIPE

Moi, je m'en fous, qu'il prenne la colère. Moi, je lui en parlerai.

AMANDA

Je ne sais pas si tu feras bien.

FÉLIPE

Moi, je m'en fous si je fais pas bien. Je lui en parlerai. Et même, si tu veux, cet après-midi, je prends ma voiture, et nous allons voir ta sœur à Fuveau.

AMANDA

Mais si mon père le sait ?

FÉLIPE

On lui dira qu'on va faire une promenade.

AMANDA

Tu m'emmèneras avec toi dans l'automobile ?

FÉLIPE

Mais naturellement que je t'emmènerai.

AMANDA

Ça te fait plaisir si j'y vais ?

FÉLIPE

Oui, ça me fait plaisir, parce que, pour aller voir Patricia, j'aime mieux ne pas être seul. Est-ce que tu sais si M. Mazel a écrit à son fils pour le mettre au courant ?

AMANDA

Je ne sais pas. Et puis, s'ils ont écrit, ça revient au même. On dit qu'il est mort à la guerre.

FÉLIPE

Jacques, mort ? Qui t'a dit ça ?

AMANDA

C'est le commis du bazar. Il dit qu'un officier de l'aviation est venu prévenir son père que Jacques Mazel est disparu. Disparu, ça veut dire mort !

FÉLIPE

Mais non, ça veut pas dire mort ! Son appareil est peut-être tombé en Allemagne, et dans huit jours il arrivera la nouvelle qu'il est prisonnier là-bas ! *(Il réfléchit, fait quelques pas, puis s'arrête.)* Écoute, Amanda, je vais d'abord passer chez ses parents. Je ferai comme si je ne savais rien. Et s'il y a vraiment quelque chose, M. Mazel me le dira. Après, j'irai chez toi. Tu as dit à ton père que tu venais m'attendre ?

AMANDA

Non, je ne l'ai pas dit. Il croit que je fais les commissions. Je lui dirai que je t'ai rencontré par hasard, et que je t'ai invité à dîner à la maison.

FÉLIPE

Bon. À tout à l'heure.

Il s'en va vers le bazar, pensif. Amanda s'éloigne, mais elle tourne plusieurs fois la tête pour le regarder partir.

DANS LE BUREAU DE M. MAZEL AU BAZAR

C'est un très petit bureau, au fond du magasin, sous l'escalier. À travers le vitrage, on voit tout le bazar, et l'on peut surveiller la vente.

Félipe appuie son dos à la mince cloison. M. Mazel, qui est assis à son bureau, parle d'une voix monotone et désespérée.

MAZEL

Tu penses bien que j'ai écrit à la Croix-Rouge, j'ai fait toutes les démarches possibles... S'il était prisonnier, la Croix-Rouge l'aurait su... Il y a très peu de prisonniers et il n'est pas sur cette liste.

FÉLIPE

Mais s'il était mort, monsieur Mazel... on vous l'aurait dit officiellement !

MAZEL

On m'a dit officiellement que son appareil était tombé derrière les lignes allemandes... En flammes. Les Allemands l'ont annoncé à la Croix-Rouge – et ils ont donné le numéro du moteur...

FÉLIPE

On n'a pas retrouvé le corps ?

M. Mazel frissonne et il répète à voix basse : « En flammes. » *Il y a un temps assez long.*

MAZEL

J'essaie d'avoir des précisions, en ce moment. Et à l'État-major ils les ont peut-être, les précisions, mais ils ne veulent rien me dire... Petit à petit, n'est-ce pas, on nous laisse comprendre que l'espoir diminue chaque jour... Moi, je suis fixé, Félipe... Je sais qu'il ne reviendra plus.

Tout à coup, le commis, comme un guignol, paraît au guichet.

LE COMMIS

Combien c'est la pendule en bronze doré, celle où il y a le matelot ?

MAZEL *(absent)*

Deux cent soixante-quinze.

LE COMMIS

À deux cent cinquante, je la laisse partir ?

MAZEL

Non. Deux cent soixante-quinze, c'est le dernier carat.

LE COMMIS

Bon.

Il disparaît. Un temps. M. Mazel passe la main sur son front.

MAZEL

Tu as entendu ce que j'ai dit ? Moi non. Je parle, je parle comme ça, enfin, j'ai l'air de parler, la vie a l'air de continuer. Au fond, ce n'est pas moi qui parle... Je suis comme une espèce de phonographe qui parle tout seul... Et sa mère... Si tu voyais sa mère... Pourtant, nous lui laissons de l'espoir, comme tu penses... Mais tu ne la reconnaîtrais plus : elle en sort plus de l'appartement. *(Félipe secoue la tête.)* Tu as vu sa citation ? Je vais te la montrer.

Il fouille ses poches. Il en tire des coupures de journaux.

MAZEL

Il avait combattu si courageusement à un contre six... Il avait abattu un chasseur ennemi avant de... avant... Tiens, lis ça.

Il donne les coupures à Félipe. Il pleure en silence. Félipe lit.

DANS LE PETIT JARDIN DU PUISATIER, DEVANT SA MAISON

Pascal arrose ses tomates. Il a vieilli, il porte un visage fermé. Félipe paraît à la petite barrière de bois.

FÉLIPE

Bonjour, Pascal !

Pascal lève la tête, et sourit.

LE PUISATIER

Bonjour, Félipe ! Tu as eu la permission ?

FÉLIPE

Eh oui, je l'ai eue !

Il pousse le portillon, il entre.

LE PUISATIER

Et cette guerre, tu l'as pas encore gagnée ?

FÉLIPE

Eh non ! Je me suis pas encore mis en colère, mais ça va venir.

LE PUISATIER

Tout le monde dit que ce n'est pas encore commencé.

FÉLIPE

Il y en a pourtant quelques-uns qui savent que c'est commencé ; et même que ça a bien mal commencé pour eux... Je viens de voir M. Mazel. Il m'a fait peine...

LE PUISATIER

Celui-là, qu'il ait du bien ou du mal, ça ne me regarde pas.

FÉLIPE

Ne dites pas ça, Pascal. Ça ne vous regarde peut-être pas, mais en tout cas, ça vous intéresse. Son fils...

LE PUISATIER

Il avait un fils ?

FÉLIPE

Vous le savez bien, Pascal. Son fils, l'aviateur, est porté disparu depuis trois semaines. On l'a vu tomber en flammes... *(Le puisatier regarde Félipe, mais son visage n'exprime rien. Félipe hésite, puis il prend courage, et dit brusquement :)* Est-ce que Patricia le sait ?

Le visage de Pascal se ferme complètement.

LE PUISATIER

Patricia ? Qui est-ce ça ? Tu as connu une fille qui s'appelait Patricia ? Moi, non.

FÉLIPE

Allons, Pascal, nous sommes seuls... Laissez-vous aller, ça vous fera du bien...

LE PUISATIER

C'est pour me faire des misères que tu es venu en permission ?

FÉLIPE

Non, vous le savez bien. Vous savez que je parle d'amitié.

LE PUISATIER

Alors, ne dis pas les mots que je ne veux pas entendre. Surtout, ne dis rien devant les enfants.

Et voici que s'avance Amanda. Son grand filet à provisions est plein de légumes et laisse flotter des queues de poireaux. Le puisatier change de ton.

LE PUISATIER

Tiens, voilà Amanda. Regarde un peu comme elle s'est fait belle en six mois. Amanda, ça sera une bonne femme pour un homme qui travaille. Et puis honnête... Quoique, avec les filles, tu ne le sais jamais... Mais elle, de tout sûr, elle est honnête.

AMANDA

Bonjour, Félipe... Tu restes à déjeuner avec nous ?

FÉLIPE

Ça ne vous fait rien, Pascal ?

LE PUISATIER

Au contraire. Moi, ça me fait plaisir. *(Avec une petite bêche, il creuse une cuvette autour d'un pied de tomates. Et tout en travaillant, il parle.)* Et ton automobile, tu l'as toujours ?

FÉLIPE

Parbleu ! Je vais aller la voir, tout à l'heure. Elle est chez Rascasson, le mécanicien. Pourquoi me demandez-vous ça ? Vous en avez besoin, peut-être ?

LE PUISATIER

Moi ? Et pourquoi ? J'ai pas de voyage à faire, moi. Je reste chez moi, parce que j'y suis très bien.

FÉLIPE *(gêné)*

Elles sont belles, vos tomates.

LE PUISATIER

Et encore, j'ai oublié de les pincer. J'aurais dû les pincer, mais j'ai oublié...

Félipe hésite un peu. Pascal remplit d'eau la cuvette qu'il a creusée.

FÉLIPE

Pour l'automobile, si vous permettez, cet après-midi, j'irai faire une petite promenade avec Amanda. Si vous le permettez.

LE PUISATIER

Elle va être bien fière, en automobile, à côté d'un gradé ! Tu ne le dis pas pour rire ?

FÉLIPE

Pas du tout.

LE PUISATIER

Moi, si ça vous fait plaisir, faites-le.

AMANDA

Merci, père.

LE PUISATIER

Seulement, Félipe, surveille-la bien. Toi, tu es honnête. Mais tous les garçons ne sont pas aussi honnêtes que toi. Si des fois tu voyais un jeune monsieur avec une belle motocyclette qui te dise : « Félipe, je vais ramener la petite chez elle », dis-lui : « Non. » Parce qu'une motocyclette, ça n'a l'air de rien, mais ça peut emporter le bonheur d'une famille – et même si ça ne faisait pas tant de bruit, ça peut empêcher des gens de dormir. Allez, viens manger. Tu me raconteras la guerre, et moi, je t'expliquerai le nouveau puits que j'ai commencé. C'est pour Siffredi. L'eau est assez profonde, peut-être quinze mètres. Mais elle doit être belle, la montre le dit.

SUR UNE ROUTE, LE SOIR

Vers sept heures. Il fait nuit. Félipe, songeur, conduit sa voiture, que six mois de repos n'ont pas améliorée. À côté de lui, Amanda.

AMANDA

Il va nous questionner, parce qu'il doit s'en douter.

FÉLIPE

Laisse-moi mentir et n'aie peur de rien.

Et comme il attaque une côte, il change de vitesse, dans un grand bruit de pignons faussés.

DANS LA SALLE À MANGER

Pascal est assis à table. Armé d'une petite cuillère, il fait manger la soupe à la petite Roberte. Félipe entre brusquement, suivi d'Amanda.

LE PUISATIER

Alors, cette fois-ci, tu n'es pas resté en panne ?

FÉLIPE

Non. La voiture a très bien marché...

LE PUISATIER

Si le Bon Dieu l'avait voulu, elle aurait toujours marché comme aujourd'hui.

Il offre une cuillerée de soupe à la petite.

LA PETITE FILLE

Et Patricia ? Tu l'as vue, Patricia ?

LE PUISATIER

Mange ta soupe. Il n'en reste plus guère. Mange-la...

LA PETITE FILLE *(à Pascal)*

Peut-être il l'a vue, Patricia ? Pourquoi elle vient pas me faire manger la soupe ?

LE PUISATIER *(rudement)*

Tais-toi, et mange. *(À Amanda.)* Et vous vous êtes bien amusés ?

AMANDA

Oh oui ! Il m'a acheté des nougats à la foire !

FÉLIPE

Nous avons tiré sur les pipes. J'en ai cassé quatre sur cinq.

LE PUISATIER

Tu n'aurais pas dû manquer la cinquième. Ce n'est pas la peine d'avoir des galons.

LA PETITE FILLE

Elle est partie sur la route, Patricia. Elle est malade, peuchère.

LE PUISATIER

Mange. Il y avait beaucoup de monde à cette foire ?

FÉLIPE

Un monde fou. Beaucoup de vieux et de femmes, naturellement.

LA PETITE FILLE

Moi, je l'ai demandé au facteur où c'est qu'elle est Patricia. Et le facteur, il m'a embrassée.

LE PUISATIER

Amanda, va la coucher.

LA PETITE FILLE

Il est gentil, le facteur. Il a la moustache et il pique.

AMANDA *(qui prend la petite dans ses bras)*

Mais oui, ma belle, il est gentil.

LA PETITE FILLE

Et toi, tu l'as vue, Patricia ?

AMANDA

Viens te coucher, viens, mon chéri. Envoie un baiser à papa.

LA PETITE FILLE *(sèchement)*

Non.

Pascal est peiné.

LE PUISATIER

Tu ne veux pas m'envoyer un baiser ?

LA PETITE FILLE

Non. Pas à toi. Tu es méchant.

LE PUISATIER

Va la coucher. *(Amanda sort avec la petite. Pascal se tourne vers Félipe.)* Alors, c'était où, cette foire ?

FÉLIPE

À Istres.

LE PUISATIER

Et c'était beau ?

FÉLIPE

Oui, c'était beau. Enfin, comme toutes les foires.

LE PUISATIER *(soupçonneux)*

Et alors, tout l'après-midi, vous êtes restés à la foire d'Istres.

FÉLIPE *(innocent)*

Eh oui ! Tout l'après-midi. Sans compter tout le temps que nous avons passé sur la route. Dans l'automobile.

LE PUISATIER

Ne me dis pas que tu mens. Ne me dis pas que tu es allé voir quelqu'un, parce que je t'étrangle.

Félipe devient tout rouge, et il fait un pas en arrière.

FÉLIPE

Oh, mais je vous le dis pas ! Pas si bête !

LE PUISATIER

Ça se voit sur ta figure que tu mens ! Tu fais une tête de menteur !

FÉLIPE

Si je la fais, c'est malgré moi. Je me retiens tant que je peux. Si vous croyez que c'est facile !

LE PUISATIER

Amanda ! Descends tout de suite. *(À Félipe.)* Car il y a des choses qu'il ne faut pas faire – et qui sont malhonnêtes... et si tu as fait quelque chose que tu ne m'as pas dit, malheur à toi !

Amanda paraît, effrayée, sur la dernière marche de l'escalier.

LE PUISATIER

Approche-toi, fille perdue ! Tu es aussi menteuse que cet inventeur. Tu es allée à Fuveau ?

Amanda baisse la tête.

FÉLIPE

C'est moi qui ai voulu y aller... J'avais envie de savoir...

LE PUISATIER

De savoir quoi ?

FÉLIPE

Comment elle allait. Et maintenant, au moins, je le sais. Elle se porte bien, elle est un peu pâle, mais elle se porte bien.

LE PUISATIER

Tant pis, tant pis. Elle ne le mérite pas, mais enfin, elle se porte bien. Tant pis.

FÉLIPE *(brusquement)*

Moi je dis tant mieux. Surtout que l'enfant est né. Nous l'avons vu. C'est un garçon.

LE PUISATIER

Un garçon ? C'est un grand malheur pour lui. Si c'était une fille, elle aurait eu un nom, un jour, un vrai nom de famille : son mari le lui aurait donné. Tandis que ce petit garçon, toute sa vie, il n'aura que son petit nom, comme un bœuf ou un cheval...

FÉLIPE

Il s'appelle André.

LE PUISATIER

Pourquoi André ?

FÉLIPE

Parce que c'est le nom de... Le nom de... Enfin, c'est un joli nom.

LE PUISATIER *(furieux)*

C'est le nom de qui ?

FÉLIPE

C'est le nom de M. Mazel.

LE PUISATIER

Il ne lui manquait plus que ça à ce pauvre malheureux qu'on lui mette le petit nom d'un gagneur de sous ! Elle ne s'en rappelle pas qu'il nous a fait voir la porte ?

AMANDA

Il s'appelle aussi... Pascal.

LE PUISATIER

Quoi, Pascal ? Comment, Pascal ? À ce bâtard, on a osé lui mettre le nom de mon baptême ?

AMANDA *(avec violence)*

Il est baptisé, lui aussi, ce n'est pas un chien.

LE PUISATIER

C'est à ton père que tu parles ? Tu es si fière que ça d'être la sœur d'une garce ?

FÉLIPE

Non, elle n'est pas fière, Pascal, je vous assure qu'elle n'est pas fière.

AMANDA *(avec violence)*

Ma sœur, c'est ma sœur. Moi, je l'aime, ma sœur.

LE PUISATIER

Va te coucher, que d'une gifle je te dévire la figure !

FÉLIPE *(conciliant)*

Vous savez, Pascal...

LE PUISATIER

Je sais que j'ai trop de filles. Et si elles trouvent que l'autre a bien fait, j'ai plus qu'à mettre une lanterne rouge à la porte de ma maison. Va te coucher !

Amanda sort. Pascal se maîtrise. Il va s'asseoir, il prend sa pipe sur sa table, il tire sa blague à tabac de sa poche. Félipe toussote et attend. Enfin le puisatier parle.

LE PUISATIER

Cet enfant, on a eu beau lui mettre deux petits noms, ça ne lui fera pas un vrai nom.

FÉLIPE

Mais il en a un, de vrai nom. Un nom de famille !

LE PUISATIER

Et qu'est-ce que c'est, ce nom ?

FÉLIPE

Eh bien, il porte le nom de sa mère, ce qui fait qu'il s'appelle comme vous. Il s'appelle André Pascal Amoretti.

Le puisatier se lève, il devient tout pâle. Il marche vers Félipe, qui recule, un peu inquiet.

LE PUISATIER

Qu'est-ce que tu dis, Félipe ? Tu deviens fou ? Tu dis qu'il s'appelle Amoretti, comme moi, comme mon père ?

FÉLIPE

Ce n'est pas de ma faute : c'est la loi. Quand un enfant n'a pas de père, il porte le nom de sa mère.

LE PUISATIER

Ça compte, le nom d'une femme ?

FÉLIPE

Bien sûr que ça compte. C'est la loi.

LE PUISATIER

Mais c'est écrit ça ? C'est sur le grand livre ?

FÉLIPE

Naturellement, que c'est sur le grand livre, et sur son acte de naissance.

LE PUISATIER

Il a un acte de naissance ?

FÉLIPE

Naturellement, puisqu'il est né !

LE PUISATIER

Alors, celui-là, il m'aura tout pris, ma fille et mon nom ? Mais qui est-ce qui peut faire des lois pareilles ? Et comment tu veux que je me défende contre cet individu ? Alors, on vous prend votre nom, sans rien dire, dans une mairie ?

FÉLIPE

Eh ! que voulez-vous... Ceux qui font les lois sont plus forts que nous... Ils doivent savoir, eux... Seulement, puisque ça vous plaît pas, il y a un moyen pour le changer de nom, ce garçon.

LE PUISATIER

Et comment ?

FÉLIPE

Si elle se mariait ? L'enfant prendrait le nom de son mari.

LE PUISATIER

Mais elle ne peut pas se marier, puisqu'il est mort.

FÉLIPE

Oui, lui, il est mort.

LE PUISATIER

Elle le sait ?

FÉLIPE

Oui, elle le sait.

LE PUISATIER

Qui lui a dit ?

FÉLIPE

Des aviateurs. Chaque fois qu'elle en voyait un, la tante Nathalie allait demander des nouvelles... Et puis, un jour, on leur a dit... Alors, elle s'est mise tout en noir. Et voilà.

LE PUISATIER

Nathalie aussi, elle parle aux aviateurs ? Je la connais, moi, Nathalie. Si elle parle aux aviateurs, elle nous fera des aéroplanes... Enfin, elles savent que ce pauvre garçon ne pourra jamais l'épouser, puisqu'il est mort.

FÉLIPE

Il y en a d'autres qui ne sont pas morts. Moi, par exemple. Si elle voulait se marier avec moi, le garçon ne s'appellerait plus Amoretti. Il s'appellerait comme moi. Il s'appellerait Rambert. Comme moi.

LE PUISATIER

Ça resterait quand même marqué à la mairie !

FÉLIPE

Jamais de la vie. Le jour qu'elle se marie, eh bien, à la mairie on efface tout. Ils ont une grosse gomme élastique, et ils effacent tout. Et le petit s'appellerait Rambert.

LE PUISATIER

Tu accepterais ça, toi ?

FÉLIPE

Oui, puisque ça vous fait plaisir. Et puis, moi, ça me déplairait pas. Parce que votre fille, j'ai remarqué qu'elle me plaît toujours.

LE PUISATIER

Alors, toi, tu prends la fille perdue, et tu prends le bâtard ? Et je parie que ce petit voleur de nom est un pauvre minable avec une tête de quincaillerie...

FÉLIPE

Oh ! dites pas ça ! Il est beau comme un astre – et il crie d'une force terrible, ce qui prouve qu'il a de beaux poumons. Moi, si elle veut, je prends tout le paquet, et bien content.

LE PUISATIER

Félipe, tu as guère d'honneur. Non, tu as guère d'honneur.

FÉLIPE

Peut-être j'ai guère d'honneur, mais de tout sûr, j'ai beaucoup d'amour. Peut-être que ça remplace ?

LE PUISATIER

Tu lui en as parlé ?

FÉLIPE

Non. Mais de la façon que je l'ai regardée, elle doit le savoir.

LE PUISATIER

Et alors, le petit changerait de nom ?

FÉLIPE

Oh ! Tout de suite. Vous ne savez pas ce que vous devriez faire, Pascal ? Vous devriez aller la voir, lui parler pour moi... Vous, elle vous écouterait...

Pascal réfléchit.

LE PUISATIER

C'est à voir... Je ne dis pas non. C'est à voir...

AU LAVOIR

Il est onze heures du matin, en avril.

Au bord d'un ruisseau, il y a deux blanchisseuses. Elles sont agenouillées dans deux caisses à laver provençales, et elles frappent de grandes toiles blanches à coups de battoir. L'eau du ruisseau étire de longues traînées blanches, qui portent des bulles.

Derrière elles, sur l'herbe, il y a des paniers pleins de linge. Il y a aussi une corbeille couverte d'un grand torchon propre, comme d'une bâche.

La plus vieille, c'est tante Nathalie. La plus jeune, c'est Patricia.

Nathalie parle sans arrêt, et sans aucune ponctuation.

NATHALIE

Moi que veux-tu je n'avais jamais voulu prendre du linge fin, ce n'est pas la question de le laver, ça non, je sais le faire aussi bien qu'une autre. Mais c'est pour le repasser que c'est une comédie. Une fois, j'ai brûlé un pantalon en dentelles de la femme d'un conseiller général : tu te rends compte de la musique que j'ai entendue ! Aussi imagine-toi un peu une femme de cinquante ans qui se met de la dentelle sur des grosses cuisses poilues ! Ça n'a pas de sens...

PATRICIA

Et c'est payé cher, le linge fin ?

NATHALIE

Bon Dieu ! Cinq fois plus que l'autre ! On te donne quatre francs pour un drap de lit qui n'en finit plus, et pour une chemise guère plus grande qu'un mouchoir, on te donne six francs !

PATRICIA

Moi, il me semble que je saurais le faire.

NATHALIE

Pardi ! Je comprends que tu sais le faire ! D'abord toi, tu sais tout faire : tu as les doigts enchantés, toi tu es la fée des anges. Tu gagneras au moins trois cents francs par semaine. Moi, je m'en fais deux cent cinquante. Avec ça, nous pourrons élever le petit... Enfin jusqu'à plus tard... Tu as l'air inquiète, toi, aujourd'hui. C'est la visite de Félipe qui t'a retournée ?

PATRICIA

Oh, pas du tout ! Je n'y pense même pas.

NATHALIE

Alors, qu'est-ce que c'est que tu as ?

PATRICIA

Je ne sais pas. Je pense au linge fin. Ça me plaît.

DANS UN PRÉ

Il y a une lessive étendue, sur l'herbe, les fleurs. Les draps étincellent au soleil.

Le puisatier marche à grands pas, en habits des dimanches. Un petit garçon le conduit.

LE PUISATIER *(il montre la lessive)*

Elles doivent pas être bien loin...

LE GARÇON

C'est là. C'est juste sous le pré : le lavoir est sous les arbres, là.

LE PUISATIER

Je le sais. Je sens l'eau qui court. Merci, petit.

Il a tiré son porte-monnaie, il donne vingt sous au garçon. Il s'éloigne à grands pas.

AU LAVOIR

Les deux femmes continuent à laver et Nathalie parle toujours.

NATHALIE

C'est comme le petit commis du percepteur : il met des chemises de femme. Il en a d'homme aussi, naturellement, pour aller au bureau. Mais moi, quand j'allais chercher son linge, dans mon innocence je croyais qu'il était marié. Et puis, un jour, quelqu'un me dit... Voilà Pascal !... *(En effet, elle a vu le puisatier qui descend le long du talus.)* N'aie pas peur, petite...

PATRICIA

Je n'ai pas peur.

NATHALIE *(sans se retourner)*

Tu sais ce qu'il vient faire ? Il vient chercher l'enfant. Maintenant que tout le souci est passé, il vient pour nous le voler.

PATRICIA

Tu crois ?

NATHALIE

Oh, va ! je le connais, le vieux sournois. Il vient chercher l'enfant, mais il ne voudra jamais l'avouer.

PATRICIA

C'est son petit-fils – et s'il accepte de nous reprendre à la maison...

NATHALIE

S'il veut vous reprendre, il faudra qu'il le dise. Toi, aide-moi, et sois toujours de mon avis. Ne te retourne pas, ne le regarde pas.

Les deux femmes continuent à laver le linge. Pascal lentement s'approche d'elles. Il jette un coup d'œil vers le panier où dort l'enfant. Puis il tousse deux ou trois fois. Nathalie se lève, elle fait un pas vers lui, les poings sur les hanches.

NATHALIE

Ah ! te voilà, toi ?

LE PUISATIER

Oui, me voilà. Bonjour, ma sœur.

NATHALIE *(elle regarde Pascal qui ne dit rien)*

Alors ?

LE PUISATIER

Alors, me revoilà. J'ai besoin de te parler. À toi et à l'autre, là, qui fait semblant de ne pas me connaître.

Patricia se lève brusquement, toute rouge. Elle essuie ses mains à son tablier.

PATRICIA

Père, je ne sais que dire.

LE PUISATIER

Si tu ne sais pas quoi dire, moi je sais quoi dire.

NATHALIE

Tu n'en as pas l'air.

LE PUISATIER *(brusquement furieux)*

Parce que moi, quand je parle, c'est pour dire quelque chose. Ce n'est pas pour faire du bruit. *(À Patricia.)* Il paraît que ton enfant est né ?

PATRICIA

Oui, père. Il est né.

NATHALIE

Ça devait finir comme ça. Ces choses-là, une fois que c'est commencé, ça se passe toujours à peu près pareil. Elle ne l'a pas inventé...

LE PUISATIER

Nathalie, puisque tu n'as rien à dire, tu ferais mieux de ne pas parler. *(À Patricia.)* Cet enfant, c'est un garçon, et on m'a dit que ce garçon s'appelle Amoretti.

PATRICIA

Comme moi.

LE PUISATIER *(avec force)*

Ce garçon s'appelle Amoretti, comme MOI. C'est moi qui lui ai envoyé le nom par-dessus toi, parce que le nom, c'est moi qui l'ai.

NATHALIE

Et notre père, lui, comment il s'appelait ? Et le père de notre père, il s'appelait peut-être Escartefigue ?

LE PUISATIER *(durement)*

Toi, notre nom, n'en parle pas : tu ne lui as guère fait de bien. *(À Patricia.)* Cet enfant porte mon nom. Et il le porte comme le premier-né après moi. Une fille, ça s'appelle Amanda, ou Noémie, ou Isabelle. Un cadet, ou un troisième garçon, ça s'appelle Lucien, ou Pierre, ou Paul. Mais un premier-né de Provence, on ne lui dit jamais son petit nom. On l'appelle par le nom de la famille. Et celui-là, que je ne connais pas, il s'appelle Amoretti. Et moi, que ça me plaise ou non, je suis responsable pour lui.

PATRICIA

Responsable en quoi ?

LE PUISATIER

En tout.

NATHALIE

Par exemple s'il allait voler les prunes de M. le curé, ou s'il écrasait quelqu'un en conduisant une automobile, ou s'il se mettait à frapper les gendarmes.

Pascal est soudain furieux. Il ramasse le battoir des blanchisseuses, et le brandit au-dessus de la tête de Nathalie.

LE PUISATIER

Toi, si tu n'arrêtes pas ton moulin de paroles, je te frappe comme un drap de lit.

Elle recule, effrayée et indignée.

NATHALIE

C'est qu'il le ferait, ce bestiari !

LE PUISATIER

Nous parlons d'affaires sérieuses. Alors, tais-toi.

NATHALIE

Non, je ne me tairai pas. Cet enfant est né dans mon lit, et c'est moi qui lave ses langes. Si je veux parler, je parlerai. Toi, tu fais un discours depuis cinq minutes, pour nous dire des choses que nous savons déjà. Et alors ?

LE PUISATIER

Comment, alors ?

NATHALIE *(avec violence)*

Alors quoi ? Ça veut dire quoi, ce que tu as dit ?

LE PUISATIER *(gêné)*

Ça veut dire ce que j'ai dit.

Un temps. Patricia s'avance vers lui.

PATRICIA

Père, que veux-tu que je fasse ? Je t'obéirai.

NATHALIE

Oui. Dis un peu pourquoi tu es venu ?

LE PUISATIER

Je suis venu pour dire que c'est grave.

NATHALIE

Eh bien, c'est grave. Nous sommes d'accord. Puisque tu n'avais que ça à nous dire, maintenant nous le savons. Ne nous fais plus perdre notre temps. Donne le bonjour à tout le monde dans la maison. Nous, on travaille. Parce qu'il y a quelque chose d'encore plus grave : c'est que cet enfant, il faut le nourrir et l'habiller.

Nathalie est retournée à sa caisse. Patricia va la suivre. Pascal la retient.

LE PUISATIER

Patricia, reste là. J'ai quelque chose encore à te dire. Quelque chose qui est encore plus grave que tout ça.

PATRICIA

À propos de mon fils ?

LE PUISATIER *(gêné)*

Oui et non. Voilà. *(Il parle lentement, avec un peu d'hypocrisie.)* Félipe a eu une idée. Il dit que s'il te marie, l'enfant changera de nom, et qu'il ne sera plus bâtard. Et il dit qu'il veut te marier. Il t'en parlera sûrement. *(Un temps.)* Il faut que tu lui dises non…

PATRICIA

Bien, père…

NATHALIE *(brusquement)*

Et pourquoi tu dis « Bien, père » ? Félipe est très gentil, ça sera un bon mari. *(À Pascal.)* Pourquoi veux-tu qu'elle dise non ?

LE PUISATIER

Parce que d'accepter, ça serait malhonnête. L'enfant ne serait peut-être plus bâtard, mais Félipe, lui, ça serait un père bâtard. Félipe, il n'aurait plus d'honneur.

NATHALIE

Et qui le sait que cet enfant n'est pas le sien ?

LE PUISATIER

Moi, je le sais. M. Mazel le sait. Enfin, c'est une chose que l'on sait. Alors, il faut qu'elle dise non.

PATRICIA *(avec douceur)*

Je lui ai déjà dit non, père. Je n'ai que de l'amitié pour lui.

LE PUISATIER *(ravi)*

Bon. Et je comprends, et tu as raison.

NATHALIE *(perfide)*

Et puis, ici, elle trouvera mieux que ça. Il y a des aviateurs, ici...

LE PUISATIER *(inquiet)*

Il me semble que ces messieurs des aéroplanes, dans la famille, on ferait mieux de ne pas trop y avoir confiance.

NATHALIE

Mais c'est eux qui nous courent derrière... Va, va, elle n'a pas besoin de Félipe. Ici, elle trouvera vite à se marier – et à bien se marier. Et si le petit change de nom, il aura un très joli nom. Un nom de la ville !

LE PUISATIER *(brusquement furieux)*

Ah ! c'est comme ça ? C'est ça que vous manigancez ? Un seul crime, ça n'était pas assez, et tu te prépares pour en faire d'autres ? Je m'en doutais. Dans ces conditions, tu vas faire tes paquets et tu vas rentrer avec moi. À la maison.

PATRICIA

Avec mon fils ?

LE PUISATIER

Emmène-le si tu veux ; moi, je ne veux pas le savoir.

NATHALIE

Alors, il me semble qu'il vaut mieux qu'elle ne le porte pas chez toi. *(À Patricia.)* Tu comprends, c'est l'enfant du péché. C'est la grosse honte de la famille.

LE PUISATIER

La deuxième honte après toi.

NATHALIE

Il n'y a qu'à laisser les deux hontes ensemble. Moi, je peux l'élever. Je m'en charge. *(Un long temps. Elle secoue Pascal par le bras.)* Qu'est-ce que tu en dis ? Tu es sourd ?

LE PUISATIER *(très embarrassé)*

Ça serait très bien comme ça, mais elle ne voudra pas.

PATRICIA

Pourquoi ? Après tout...

LE PUISATIER *(hypocrite)*

Si tu es d'accord, moi je suis d'accord. On le laissera ici.

NATHALIE

C'est le plus simple.

LE PUISATIER

Ça arrange tout. Seulement, elle, dans le fond, elle ne veut pas.

NATHALIE *(vivement)*

Ne me dis pas qu'elle ne veut pas : elle vient de dire OUI.

LE PUISATIER

Elle dit oui, mais ça veut dire NON. Moi, je la comprends ; malgré que cet enfant soit l'enfant du malheur, elle ne veut pas l'abandonner. *(À Patricia.)* Qu'est-ce que tu en dis ?

PATRICIA *(hypocrite)*

Avec tante Nathalie, il ne sera pas abandonné.

LE PUISATIER
(avec une immense fausse bonne foi)

Ça, c'est ce que je dis, et c'est la vérité. *(À Patricia.)* Tu comprends bien que prendre cet enfant chez nous, moi ça me fait mal au cœur. Moi, contre lui, j'ai la grosse colère. J'ai la rancune de tant de misères qu'il m'a faites... Seulement, toi, si tu ne l'as pas, tu vas languir. Tu mangeras plus, tu deviendras maigre, et finalement, tu me demanderas de venir le chercher !

NATHALIE *(avec assurance)*

Non, non, elle ne te le demandera pas.

LE PUISATIER *(furieux)*

Qu'est-ce que tu en sais, toi ? Tu en as eu, toi, des enfants ? Heureusement que non, parce que tu en aurais cinquante ! De quoi tu te mêles ? Qui te parle ? *(À Patricia.)* Et toi, pour dire des mensonges ? Tu crèves d'envie de l'emporter, et tu fais celle qui ne le veut pas ? Est-ce que ça n'est pas mieux de parler franchement ? Qu'est-ce que c'est que cette hypocrisie ? Moi, les hypocrites, je les aime pas. Quand on a envie de faire quelque chose, on le dit. Et si on ne le dit pas, on le fait.

Il s'est baissé, il a pris la corbeille et l'enfant, et il s'enfuit. Nathalie rit de grand cœur. Patricia est effrayée. Elle court derrière lui.

PATRICIA

Où vas-tu, père ?

LE PUISATIER

De tout sûr, je vais le noyer. *(Patricia le retient par le bras.)* N'aie pas peur, imbécile. Tu ne vois pas qu'il est au soleil depuis dix minutes ? Malgré tout, malgré tout, pourquoi essayez-vous de l'assassiner ?

Il est allé poser le panier sous un arbre. Patricia s'est approchée de lui. Et humblement, avec une grande tendresse et un grand espoir, elle lui demande :

PATRICIA

Père, tu nous voudrais à la maison ?

LE PUISATIER

Toi, oui. Mais lui, je ne sais pas encore : je ne le connais pas. On me laisse parler depuis une heure, et personne n'a soulevé un coin de ce torchon.

Doucement Patricia écarte le linge et Pascal se penche sur le berceau.

LE PUISATIER

Ce qu'il est petit ! *(Déjà emmerdeur.)* De tout sûr, il ne mange pas assez.

NATHALIE

Si le lait de sa mère lui suffit pas, on pourrait essayer un bon saladier de pois chiches, avec un oignon.

Mais Pascal n'entend plus sa sœur. Il regarde le petit enfant.

LE PUISATIER

Il a des doigts avec des ongles.

NATHALIE

Tu en avais jamais vu, non ?

LE PUISATIER

J'en ai vu, bien sûr. Mais j'en avais jamais regardé... *(Brusquement, avec violence.)* Et qu'est-ce que vous faites là, à le regarder ? Vous n'avez pas eu le temps, vous autres, de le tripoter, et de vous faire tirer l'oreille ? Allez attacher les paquets, parce que nous partons dans dix minutes. Dépêchez-vous, nom de Dieu !

Les femmes s'éloignent, Pascal s'assoit près de la caisse. Il quitte son chapeau, il soulève doucement un coin du torchon, et il regarde.

LE PUISATIER

Vé, il ouvre les yeux... *(Il se penche avec un vieux sourire.)* Amoretti, fais risette... Amoretti le Jeune, fais vite ton plus beau sourire, c'est pour Amoretti le Vieux.

AUPRÈS D'UN PUITS

Ce n'est plus le même, bien entendu. C'est un puits au fond d'un vallon assez verdoyant, aux broussailles touffues. Au-dessus du puits, il y a la même chèvre, formée de trois troncs de pin, et le même treuil primitif. Un garçon de seize ans, au pantalon boueux et déchiré, tourne la manivelle du treuil, qui grince et cliquette à cause du rochet. Un couffin de sparterie apparaît au-dessus de l'ouverture. Il est plein de pierres et d'argile. Le garçon le saisit, le décroche et va le vider sur un tas de déblais qui est déjà considérable. Sous un arbre, Patricia est assise. Elle tricote. Auprès d'elle, dans une caisse à savon pendue par quatre ficelles qui l'attachent à des arbustes, un petit bébé dort paisiblement. Il dort sous une sorte de capote, faite d'un torchon posé sur trois branches courbées dont les extrémités sont clouées de part et d'autre de la caisse. Au loin, entre deux broussailles, voici deux personnes immobiles, qui regardent du côté du puits. Nous allons vers eux – ce sont M. et Mme Mazel. Ils sont en grand deuil. Ils hésitent. Ils se cachent derrière des broussailles. Nous voici maintenant auprès d'eux.

MAZEL

C'est ça. C'est bien ça... Pascal doit être au fond du puits, et je vois sa fille, assise au pied d'un arbre. L'enfant est sûrement à côté d'elle.

MME MAZEL

Après tout, nous avons bien le droit de nous promener.

MAZEL

Surtout que ce champ est à Félicien : il m'avait même donné la permission d'y chasser avant la guerre...

MME MAZEL

Est-ce que nous lui parlerons ?

MAZEL

Pourquoi pas ? S'il était revenu au magasin, je lui aurais parlé. Il envoie un voisin, maintenant, pour acheter ses outils. Marie, si cet enfant était le fils de notre petit...

MME MAZEL

Ça, je te le dirai du premier coup d'œil...

Le puisatier paraît au bord de la margelle. Il monte pesamment les derniers barreaux de l'échelle, il sort du puits, il s'approche de sa fille.

LE PUISATIER

Qu'est-ce qu'il fait, Amoretti ?

PATRICIA

Il dort.

LE PUISATIER

Fais bien attention aux mouches.

Il débouche la bouteille de vin, il boit au goulot une bonne rasade.

LE PUISATIER

Et Amoretti, il a bu ?

PATRICIA

Oui, il a bu.

LE PUISATIER

Il a fait le petit rot ?

PATRICIA

Oui, il l'a fait.

LE PUISATIER

Il faut toujours qu'il fasse le petit rot. Autrement, il se remplit d'air petit à petit et, au bout de quinze jours, il a le ventre comme M. le maire. Je vais préparer les cartouches. *(Il prend dans sa besace des cartouches de cheddite, des détonateurs, du cordeau Bickford.)* Je vais loin parce que des fois... Ça n'est jamais arrivé ; seulement ça peut arriver. *(Il s'éloigne.)*

M. et Mme Mazel s'avancent dans le chemin creux. Ils s'approchent en hésitant. Puis, Mazel prend courage et s'avance d'un pas de promeneur. Il arrive près de Patricia. Il la salue.

MAZEL

Bonjour, mademoiselle.

PATRICIA

Bonjour, monsieur Mazel.

MAZEL

Votre papa est par là ?

PATRICIA

Oui, monsieur Mazel. Il prépare des cartouches, là-bas, derrière.

MAZEL

Nous nous promenions par ici avec ma femme... Et puis, de loin, j'ai vu la chèvre sur le puits. Ça m'a fait penser qu'il faudrait curer le mien... Celui de notre vigne de Castelas... Et comme votre père ne vient plus au magasin...

MME MAZEL

Il a bien tort d'ailleurs... Il pourrait revenir, maintenant. Vous êtes en deuil, vous aussi ?

PATRICIA

Oui, madame, moi aussi.

MME MAZEL

Vous avez perdu quelqu'un ? *(Le puisatier s'avance.)*

MAZEL

Bonjour, Pascal... Je parlais à ta fille – pour mon puits, celui de la vigne de Castelas. Tu le connais ?

LE PUISATIER

Oui, je le connais. C'est moi qui l'ai curé – il y a bien longtemps – pour votre père, Mazel le Vieux, on l'appelait.

MAZEL

Eh bien, je crois qu'il faudrait le curer encore. L'eau commence à sentir mauvais.

LE PUISATIER

C'est les herbes et les graines qui se pourrissent depuis vingt ans. Il doit y avoir deux mètres de mite. Nous, nous disons « la mite » ; c'est de la boue très fine qui se dépose au fond de l'eau.

MAZEL

Et tu pourrais venir quand ?

LE PUISATIER *(il montre le puits)*

Quand j'aurai fini celui-là. J'en ai encore pour quinze jours.

MAZEL

Quinze jours ? Mais qu'est-ce que tu lui fais à ce puits ?

LE PUISATIER

Eh bien, d'abord je l'ai curé, et puis je me suis aperçu que si on l'enfonçait encore de trois mètres, il donnerait cinq fois plus d'eau, parce que la vraie source était plus bas que le fond. Alors, M. Soubeyran m'a dit de creuser les trois mètres, et c'est ce que je fais. Mais c'est pénible, parce que j'ai rencontré la pierre bleue. Elle mange le fil de ma barre à mine. Elle est dure comme le cœur d'un riche. Il me faut encore quinze jours.

MAZEL

Eh bien, j'attendrai quinze jours. En ce moment un puits, ça peut attendre... Dans un pareil désastre... Quand on pense que Paris est pris depuis six jours... Qui sait où on pourra les arrêter. Qu'est-ce que tu en penses, toi, Pascal ?

LE PUISATIER

Oh ! moi, qu'est-ce que vous voulez que j'en dise ? Je suis qu'un ouvrier, j'ose plus lire les journaux.

MAZEL

Oh ! je te comprends... Alors, dans quinze jours, tu viendras ?

LE PUISATIER

Bien sûr que je viendrai, monsieur Mazel. Se faire du mauvais sang, ça ne sert à rien. Moi, j'ai à creuser des puits, je creuse des puits – et dans quinze jours, si le Bon Dieu veut, je m'occuperai du vôtre.

MAZEL

J'avais peur que tu refuses... À cause de cette histoire de l'année dernière... Surtout que tu n'es plus jamais revenu au magasin. J'avais peur que tu sois fâché.

LE PUISATIER

Je ne suis pas assez riche pour me fâcher contre quelqu'un qui me donne du travail. J'ai des enfants à nourrir, monsieur Mazel.

MAZEL

Tu es bien heureux, Pascal. Tu es bien heureux... Tu as su notre grand malheur ?

LE PUISATIER

Oui, monsieur Mazel. Je l'ai su. Mais je croyais que vous aviez encore de l'espoir ?

MAZEL

On nous a prévenus officiellement, hier matin : c'est fini.

LE PUISATIER

C'est une chose terrible. On ne comprend pas toujours le Bon Dieu. Vous n'avez pas été justes avec nous, mais ça me fait peine de vous voir. Ça me fait peine.

MAZEL *(tout pâle)*

Au moins, tu ne vas pas dire que c'est pour ça que je suis puni.

LE PUISATIER *(évasif)*

Qui peut le savoir, monsieur Mazel ? Qui oserait dire oui ou non ? Pas moi. Moi, je ne dis rien. Je dis que je comprends votre malheur – parce que j'y ai passé moi aussi...

MME MAZEL

Vous n'avez pas perdu un fils de vingt-cinq ans ?

LE PUISATIER

Non, madame. Une fille. Ma fille Patricia. Pendant sept mois, elle a été morte pour moi ; je lui avais défendu la maison. Alors, je sais ce que c'est de voir celle qui manque à la maison. Alors, je sais ce que c'est de voir celle qui manque à table, et qui ne fait plus le café le matin, et qui ne chante plus dans sa chambre. Et puis, il y avait son tablier pendu au mur de la cuisine ; personne jamais n'y a touché, et moi je n'osais plus regarder de ce côté.

MAZEL

Toi, tu avais encore cinq filles...

LE PUISATIER

Non. Le même jour qu'elle, j'avais perdu tout. Le soir, avant de me coucher, je redescendais vite ouvrir la serrure, en cachette de mes petites, et je pensais : « Peut-être c'est cette nuit qu'elle revient ? » Et puis, des fois, je m'asseyais sur une pierre au fond du puits, et je me pensais : « J'aimerais ne plus remonter... j'aimerais qu'une argile glisse. J'aimerais qu'un troupeau de blocs dégringole et m'acclape et m'enterre, et que ça soit fini comme ça. » *(Patricia s'est avancée vers son père – elle passe sous le bras du puisatier – elle pose la grosse main sur son épaule, et elle penche la tête sur le côté pour la serrer contre sa joue.)* Alors, je comprends bien le mal que vous avez...

MME MAZEL

Vous saviez qu'elle était vivante, vous pouviez aller la chercher.

LE PUISATIER

Non, je ne pouvais pas, parce que je me l'étais défendu. *(Brusquement, il change de ton.)* Enfin, parlons du puits : je le connais, je vois à peu près ce qu'il faut faire. Ça vous coûtera dans les trois cents francs, si j'ai pas de pierres à changer. Si j'ai de la maçonnerie, vous me la payerez en plus : les fournitures et cent francs par jour pour moi et le petit. *(Il montre le manœuvre.)*

MAZEL

C'est d'accord, Pascal. C'est d'accord. J'espère que je te verrai au magasin.

LE PUISATIER

Peut-être bien. Peut-être bien. Alors, au revoir, monsieur Mazel. Au revoir, madame.

Mazel et sa femme demeurent gênés. Soudain de la caisse à savon part un cri d'enfant. Patricia berce doucement la caisse. Le cri se tait.

MME MAZEL

Cet enfant est à vous ?

PATRICIA

Oui, madame.

MME MAZEL

Vous êtes mariée ?

PATRICIA

Non, madame.

MME MAZEL

Quel âge a-t-il ?

PATRICIA

Six mois. Il est né le 21 janvier, à sept heures du matin.

Elle prend le bébé, Mme Mazel le regarde d'un œil pensif.

MAZEL *(timidement)*

Est-ce qu'on peut le voir ? Sans le réveiller, bien entendu. Juste le voir.

LE PUISATIER *(il s'est rapproché, tout en mordant les détonateurs qu'il fixe aux cordons des cartouches)*

Bien sûr qu'on peut le voir. Nous n'en avons pas honte. Patricia, donne-moi un peu Amoretti.

MAZEL

Vous l'appelez comment ?

LE PUISATIER

Je l'appelle par son nom : Amoretti. C'est le seul garçon de la famille : alors il porte notre nom.

MAZEL

C'est la vieille coutume latine. Chez moi aussi, ma grand-mère ne m'appelait pas André : elle m'appelait Mazel.

LE PUISATIER

Lui, il ne s'appelle pas Mazel. Il s'appelle Amoretti. *(Patricia lui a tendu l'enfant. Il le hausse à deux mains dans le soleil.)* Fais risette, Amoretti ! Fais la risette au monsieur et à la dame. Et c'est un vrai garçon, vous savez, et il a le mauvais caractère ! Et dans deux ou trois ans, il va tirer les cheveux à toutes ses tantes. Et il en a cinq ! Fais la risette !

Mme Mazel est toute pâle, tant elle a envie de le prendre dans ses bras. Patricia prend l'enfant.

PATRICIA

Il est déjà lourd, vous savez ! Tenez, soupesez-le.

Mme Mazel prend le bébé, elle le regarde, et tout à coup elle fond en larmes.

LE PUISATIER

Il fallait pas lui donner... Il fallait pas... Je savais que ça lui ferait de la peine...

MAZEL

Ce n'est pas de la mauvaise peine, Pascal... Laissons-la pleurer... Assieds-toi, Marie, assieds-toi.

Il la fait asseoir sur une caisse

LE PUISATIER

Oui, là. Ça ne craint rien : c'est de la dynamite. Ça ne craint rien, même si on y mettait une allumette. Il faut un détonateur...

MAZEL

Tu es sûr ?

LE PUISATIER *(indigné)*

Vous croyez que je laisserais le petit ?

Il commence à écorcer un bâton.

MAZEL

Viens, Pascal, que je te parle. Viens.

LE PUISATIER

Que j'aille où ? Si vous voulez me parler de l'enfant, il faut parler devant ma fille.

MAZEL *(à voix basse)*

Cet enfant, c'est celui qu'elle portait quand tu es venu nous voir avec elle ?

LE PUISATIER

Bien sûr que c'est celui-là. Elle aurait pas eu le temps d'en faire deux du même âge !

MAZEL

D'après toi, cet enfant, ça serait le fils de notre pauvre chéri !

LE PUISATIER *(évasif)*

D'après moi, d'après moi, c'est le fils de ma fille.

MAZEL *(humble)*

Mais son père, tu sais bien que c'était mon fils à moi ?

LE PUISATIER *(évasif, et presque sarcastique)*

Je sais bien, je sais bien ? Je ne sais rien du tout, moi. Je sais que cet enfant, c'est un bel enfant, mais ce n'est quand même pas le bon Jésus. Donc, il a un père. Mais ce père, qui peut le savoir ?

MAZEL *(presque suppliant)*

Patricia te l'a dit : c'était mon fils...

LE PUISATIER *(sarcastique)*

Oh ! Patricia ! Vous la croyez, vous, Patricia, quand elle parle ? C'est une fille. Avec les filles, on ne sait jamais. Elles mentent comme elles respirent. *(Il lève la tête et regarde Mazel bien en face.)* C'est vous qui me l'avez appris. *(Il continue à écorcer son bâton.)*

MAZEL

Je ne connaissais pas ta fille. Maintenant, je me suis renseigné sur elle : je la connais.

LE PUISATIER

Oh ! une fille, même son père n'y comprend rien. Elle raconte qu'elle a vu votre fils deux fois dans sa vie – et qu'il lui a donné un enfant. Ça veut dire que quand on la voit deux fois, ça suffit... Une fille de dix-huit ans, il y a beaucoup d'hommes qui l'ont rencontrée deux fois... Alors, allez un peu savoir. *(Il montre du doigt Mme Mazel.)* C'est Mme Mazel qui me l'a dit, un soir dans votre maison...

MME MAZEL

Je ne l'ai pas dit comme ça... Je ne savais pas...

LE PUISATIER *(dur)*

Il vaut mieux guère parler quand on ne sait pas.

PATRICIA *(avec douceur)*

Il y a aussi quelqu'un d'autre qui nous a refusés. C'est votre fils. Oh ! lui, je ne lui en veux pas. Sa mort a presque racheté ma faute. Je savais peut-être qu'il allait mourir, et c'est ça qui m'a attirée vers lui si violemment... Mais enfin, il n'est pas venu au rendez-vous...

MAZEL

Jacques ? À quel rendez-vous ?

PATRICIA

Le lendemain de ce jour-là, il m'avait donné rendez-vous près de la chapelle Saint-Julien. Il n'est pas venu. Et il le savait bien qu'il ne viendrait pas, puisque le lendemain il partait pour l'Afrique.

MME MAZEL *(à voix basse)*

Il ne le savait pas.

MAZEL

Son capitaine est venu le chercher à la maison à neuf heures du soir. Il est parti une heure après, d'urgence : en remplacement, au dernier moment, d'un camarade qui s'était blessé.

PATRICIA

Il ne le savait pas ?

MAZEL

Je te le jure sur sa mémoire.

PATRICIA *(elle sourit, avec une joie triste, mais profonde)*

Alors, il serait peut-être venu ?

LE PUISATIER *(brutalement)*

Et pourquoi il n'a envoyé personne pour la prévenir ? Il aurait pu le dire au petit commis du bazar, ou à un ami. Il aurait pu envoyer quelqu'un.

MME MAZEL *(à voix basse)*

Il a envoyé quelqu'un avec une lettre.

PATRICIA

Une lettre pour moi ?

MME MAZEL

Oui.

MAZEL

Comment le sais-tu ?

MME MAZEL

C'est moi qu'il avait chargée d'aller à ce rendez-vous. J'y suis allée. Je vous ai vue. Et la lettre, je l'ai brûlée.

MAZEL

Toi, tu as fait ça ?

MME MAZEL

Il y avait tant de filles qui voulaient me le prendre...

PATRICIA

Il m'avait écrit !

LE PUISATIER *(il écorce toujours son bâton)*

C'est une belle saleté d'avoir brûlé cette lettre. C'est une saloperie. Mais quand je vous ai parlé pour l'enfant, vous ne lui avez pas fait savoir ?

MAZEL

Non.

LE PUISATIER

Ça, c'est encore une autre saloperie. Des saloperies de boutiquiers.

PATRICIA

Tais-toi, père. Tais-toi... Je suis heureuse... S'il avait su, il ne m'aurait jamais abandonnée. J'ai bien fait de me mettre en deuil : il le méritait.

LE PUISATIER *(avec une sombre colère)*

Mais eux, ces gens de la boutique, qu'est-ce qu'ils méritent ? S'il n'y avait pas l'enfant, je mettrais une mèche à la caisse, je les ferais sauter comme un feu d'artifice.

MAZEL

Et tu nous ferais peut-être plaisir.

LE PUISATIER

Si ça doit vous faire plaisir, je ne le fais pas.

PATRICIA

Père, tu trouves qu'ils ne sont pas assez malheureux ?

LE PUISATIER

Je trouve, je trouve... Je ne trouve rien. Je trouve que ce garçon s'appelle Amoretti, et que c'est mon petit-fils.

MAZEL

Bien sûr que c'est ton petit-fils. Mais nous, pour lui, qu'est-ce que nous sommes ?

LE PUISATIER

Des passants.

MAZEL

Si tu veux. Mais est-ce que tu crois que ça serait une mauvaise chose si je m'occupais un peu de lui ?

LE PUISATIER

Vous occuper… Comment, vous occuper ?

MAZEL

Nous avons de l'argent… Nous en avons bien trop, maintenant, pour nous deux… Nous pourrions lui acheter des petites choses… Des costumes…

LE PUISATIER

Une fois, vous avez eu peur que je vienne vous demander la charité. Je vous ai répondu : « Je ne vis pas d'aumône. »

MAZEL

Ce que l'on donne à un bébé, ça ne peut s'appeler une aumône ! Au contraire : si tu nous permettais de lui offrir quelque chose, c'est une charité que tu nous ferais à nous.

LE PUISATIER *(sombre)*

Moi, je ne suis pas charitable. C'est peut-être à force de vivre au milieu des pierres, mais moi, je ne suis pas charitable. Ceux qui ont inventé la charité, ils ont eu tort, parce que la charité, c'est le contraire de la justice. Je ne suis pas charitable, non.

MAZEL

Tu as bien laissé ta fille pendant six ans chez les bonnes sœurs.

LE PUISATIER

C'était une fille. Une fille, ça peut recevoir des cadeaux. Mais lui, c'est un garçon : c'est Amoretti.

MAZEL

Si nous achetions le meilleur lait… Du bon lait de Suisse…

LE PUISATIER

Celui qu'on lui donne, c'est celui de sa mère. Elle n'en a pas de reste, c'est vrai. Mais ça, c'est comme pour les chèvres, la première fois, elles n'en ont pas beaucoup, mais il est bon. Gardez votre lait de riches : le meilleur lait, c'est celui des petits pauvres, parce que leurs parents ne peuvent pas en acheter du vôtre, alors, ils sont forcés de leur donner le vrai : et regardez les enfants que ça fait !

MME MAZEL

Moi aussi, je l'avais nourri au sein...

PATRICIA

Il était déjà beau quand il était petit ?

MME MAZEL

Oh oui, il était beau !... Qu'il était beau...

MAZEL

Nous pourrions lui choisir des robes, des couvertures, des jouets. Nous pourrions le mener chaque semaine chez le docteur...

LE PUISATIER

Chez le docteur ? Pour le tuer ? Ah, mais non ! S'il était malade, je ne dis pas. Mais s'il était malade, je le mènerais moi-même et j'aurais pas besoin de vous. Amoretti, je veux qu'il me doive tout. Je veux qu'il mange le pain que je gagne, je veux lui donner sa couverture, je veux lui gagner sa soupe, et quand il aura seulement trois ans, soyez tranquilles : moi, je lui gagnerai sa petite côtelette d'agneau. Votre puits, monsieur Mazel, je vous ai dit qu'il avait vingt-cinq mètres. Ce n'est pas vrai : il a plus de trente mètres. D'y descendre au bout de la corde, c'est déjà dur pour un homme jeune ; moi, j'ai cinquante-trois ans, mais j'y descendrai, pour gagner les sous du petit. Et je vous ai fait trois cents francs : ce n'est pas vrai, ça vaut au moins cinq cents. Mais je ne veux rien vous devoir, il faut que ça soit vous qui me deviez, parce que vous m'avez fait une injustice.

MAZEL

Pascal, tu parles de justice, mais toi-même, tu n'es pas juste.

LE PUISATIER

Si votre fils était vivant, vous ne seriez pas ici aujourd'hui.

MAZEL

Peut-être, Pascal, peut-être. Mais est-ce que tu en es sûr ? Est-ce que tu pourrais jurer sur le berceau de cet enfant que tu en es sûr ?

LE PUISATIER

Je ne veux rien jurer.

MAZEL

Alors, ne te fâche pas, et ne cherche pas des mots blessants. L'heure est si grave, et si triste pour tous... Est-ce que tu crois que le grand malheur de la France ne peut effacer nos petites querelles ? Tu n'as pas l'air de bien comprendre toute l'étendue de notre désastre... Si tu voyais vraiment où nous en sommes, tu me parlerais avec plus d'amitié... Pascal, le Maréchal doit parler tout à l'heure à la TSF. Veux-tu venir écouter son message ?

LE PUISATIER

J'ai du travail, monsieur Mazel.

MAZEL

La voiture est au bout du petit chemin : je t'emmène et je te ramène...

LE PUISATIER

Je ne suis pas habillé pour monter dans une automobile.

MAZEL

Aujourd'hui, ça n'a guère d'importance... Il faut que tu viennes, Pascal... Il faut que tu entendes ce qu'il va nous dire...

LE PUISATIER

Et si c'est la grande catastrophe ?

MAZEL

Raison de plus. Ce qu'il dira, même et surtout si c'est terrible, il faut que chaque Français l'écoute, en silence, et qu'il apprenne en même temps que tous les autres les malheurs de la Patrie. Viens, Pascal.

DANS LE MAGASIN DES MAZEL

On entend l'indicatif des postes de l'État français. Il y a un grand nombre de personnes immobiles, qui attendent. Ce sont des gens de toutes les conditions sociales et de tous les âges. Il y a des ouvriers en cotte bleue, d'autres en costume de paysan. Il y a la bonne de M. le curé, quelques garçons de quinze à dix-huit ans, le facteur, le garde-champêtre, l'institutrice, deux vieilles filles, le cordonnier avec son tablier de cuir. Il y a aussi Pascal et sa fille, et M. Mazel. Ils écoutent en silence le grave message du Maréchal. Puis ils sortent lentement. Mazel pleure, accoudé à son comptoir.

LE PUISATIER *(lentement)*

Alors, on a perdu la guerre. Voilà. On a perdu la guerre. Pourquoi nous avons été battus si vite, monsieur Mazel ?

MAZEL

Je ne sais pas, Pascal... Je ne comprends pas.

MME MAZEL

Je comprends que notre fils est mort pour rien...

PATRICIA

Non, madame, non, ce n'est pas vrai... Si tous nos hommes revenaient demain, tous sans exception... s'ils revenaient vaincus, joyeux et bien portants, en chantant des chansons de route, il n'y aurait plus de France, et même, on pourrait dire que la France n'était pas une patrie. Ils n'ont pas sauvé la France, mais ils l'ont prouvé : les morts des batailles perdues sont la raison de vivre des vaincus.

DANS LA SALLE À MANGER DU PUISATIER

Il y a Pascal qui se rase devant un morceau de miroir. Près de lui, une voiture d'enfant de grand luxe, de forme aérodynamique.

Patricia brosse le veston du dimanche, et le chapeau de feutre de son père.

LE PUISATIER

Alors, parce que la France a perdu la guerre, et parce que M. Mazel a perdu son fils, moi, il faut que je perde mon petit-fils ?

PATRICIA

Tu ne le perdras pas, père... Tu le sais bien...

LE PUISATIER

Je sais que depuis dix jours, tu es allée cinq fois chez eux. Et ils t'ont donné des brayettes en soie, et des coussins de plume, et des bonnets en dentelle, enfin des tas de choses qu'un enfant de pauvres n'a pas besoin. Et cette voiture, à quoi ça ressemble ? On dirait une automobile. De tout sûr, elle coûte plus cher que mon loyer... Elle est trop belle, elle fait honte à mon costume du dimanche... Et aujourd'hui, je croyais de rester ici tous ensemble, à nous amuser avec lui, eh bien, non, il faut que je mette le col et la cravate, et que je mène ma famille chez les Mazel... Pourquoi tu as promis, pourquoi ?

PATRICIA

J'ai cru bien faire. Mme Mazel m'a dit qu'elle préparait un goûter pour les petites – et qu'elle leur donnerait des jouets. J'ai refusé, d'abord. Mais elle a insisté. Et tu sais, elle, quand elle veut quelque chose, c'est bien difficile de dire non.

LE PUISATIER

Pas pour moi. Moi, « non », je saurai très bien le dire, et pas plus tard que tout à l'heure. Parce que je sais pourquoi ils nous font des mamours. Je le sais très bien.

PATRICIA

Tu crois qu'ils ont un but ?

LE PUISATIER

Oh, que si ! Avant-hier, au puits – tu n'étais pas avec moi, puisque tu étais chez eux, pour changer –, il est venu un de leurs amis – le teinturier des allées de Craponne... Alors, il me fait : « Je viens de voir votre petit-fils. Il est beau. » Je lui dis : « Oh oui ! il est beau... » Et je lui raconte des petites histoires. Comment il écoute les cloches, et puis quand il se regarde les doigts, et qu'il semble se les compter. Enfin, j'étais un peu fier... Et ce monsieur me dit : « Quand même, c'est bien dommage qu'il ne s'appelle pas Mazel. » J'ai rien dit, j'ai même pas fait la grimace. Et comme je croyais que ce n'était pas possible, j'ai été un peu hypocrite, et j'ai dit : « Ah oui, c'est bien dommage !... » Il me fait : « Vous le regrettez, vous aussi ? » « Oh oui ! Naturellement, je le regrette. Malheureusement, maintenant, c'est impossible... » Alors il me fait : « Mais oui, c'est possible ! » « Mais comment ? » Et alors, il m'explique toute une histoire, qu'en allant voir des hommes de loi, et en signant des papiers de notaires, les Mazel peuvent très bien l'adopter, et qu'il s'appellera comme eux... Tu comprends ? Ils sont très forts, ils connaissent les lois et les notaires, et puis tout à coup, ils se l'adoptent, et ils se l'ajoutent à leur famille, et nous, nous ne sommes plus rien.

PATRICIA

Mais non, père... C'est plus difficile que ça... Il faudrait mon consentement...

LE PUISATIER

Ah ? Bon, bon. S'il faut ton consentement, alors, je suis tranquille... Tu pars toute seule ?

PATRICIA

J'ai promis d'y être à deux heures.

LE PUISATIER

Bon. Vas-y. Mais fais bien attention, et surtout, si on veut te faire signer des papiers, méfie-toi.

DANS LE BUREAU DU COLONEL DE L'AVIATION DE SALON

Le colonel a quarante-cinq ans et une belle tête d'homme. Devant son bureau, Félipe est assis sur une chaise. Il a les yeux rouges. Il rit et il pleure. Le colonel parle.

LE COLONEL

Êtes-vous en état de vous charger de cette mission ?

FÉLIPE

Pas tout de suite... Il faut que je respire un peu... Il faut que je boive un coup... Il faut que je me remette... Parce que...

Il fond en larmes en se tapant sur les cuisses.

LE COLONEL *(il se tourne de l'autre côté vers quelqu'un qu'on ne voit pas)*

Je me demande s'il sera capable de leur raconter l'histoire. Calmez-vous, mon vieux... Planton ! Allez chercher une fine à la cantine !

FÉLIPE

Non, pas une fine… Oh, malheur, non ! Du rhum… Un peu de rhum… Excusez-moi, mon colonel… Je l'aime beaucoup, vous comprenez… Mais quand je vois dans l'état que je suis, je m'imagine ses parents !

Il pleure et il rit à nouveau. On voit Jacques, debout en uniforme. Il sourit.

JACQUES

Ça leur fera un choc, mais certainement pas de chagrin !

FÉLIPE

Mais tu ne sais pas que la joie peut tuer ta mère ?

LE COLONEL

On dit ça. Mais les gens, en général, meurent plutôt de chagrin que de joie. Évidemment, il faudra raconter ça tout doucement.

FÉLIPE

Bien entendu ! Bien entendu ! Je leur dirai d'abord… *(Il réfléchit, puis brusquement, il se tape sur la cuisse, éclate de rire et crie.)* Dire qu'il est là ! Dire qu'on a déclaré sa mort ce matin, et qu'il est là cet après-midi à rigoler !

Il se précipite vers Jacques, et lui serre les deux mains avec une grande violence.

JACQUES

Merci, mon vieux… Merci. Voilà comment tu vas faire. Tu raconteras mon histoire, comme si c'était celle d'un autre.

FÉLIPE

Bon.

LE COLONEL

Il va falloir lui raconter l'histoire plusieurs fois. Vous direz qu'un de nos avions a été abattu en flammes à la frontière suisse.

FÉLIPE

Bon. À la frontière suisse.

LE COLONEL

L'avion est tombé en territoire allemand. Le pilote, qui avait pu sauter en parachute au dernier moment, est tombé sur les pentes d'une montagne.

JACQUES

J'ai eu tout juste le temps de sauter, je te jure.

FÉLIPE

Oh, nom de Dieu ! Quel métier !

LE COLONEL

Ce pilote a été recueilli par une famille de bergers suisses, qui, à la prière de l'aviateur, n'ont pas averti les autorités.

FÉLIPE

Pourquoi ?

LE COLONEL

Parce que l'aviateur aurait été interné par le gouvernement fédéral.

JACQUES

Et tu penses que j'avais envie de revenir en France !

FÉLIPE

Il est magnifique ! Dire que nous avons été ensemble à l'école communale, et qu'il n'était pas toujours le premier !

LE COLONEL

D'accord. Mais ce n'est pas le moment d'y penser. Ensuite, cet aviateur a franchi à pied la frontière française, et... le voici.

JACQUES

Tu es capable de raconter ça, petit à petit, sans leur faire trop de mal ?

FÉLIPE

Oh oui, j'en suis capable ! Mais il y en a une qui risque de mourir sur le coup : c'est Patricia !

JACQUES

Patricia ? La fille du puisatier ?

FÉLIPE

Mais oui. Patricia, la princesse...

JACQUES

Elle n'est pas mariée ?

FÉLIPE

Jamais de la vie ! Elle passe toutes ses journées chez toi, avec ton enfant.

JACQUES

Moi, j'ai un enfant ?

FÉLIPE

Mais oui, l'enfant du métingue ! Tu ne sais donc rien ?

JACQUES

Mais comment veux-tu que je sache ?

LE COLONEL

Racontez-lui d'abord son histoire : ça vous donnera le temps de vous remettre.

FÉLIPE

C'est ça. Eh bien, figure-toi...

DANS LA SALLE À MANGER MAZEL

Mme Mazel et Patricia, assises au coin de la table, feuillettent un album de photographies de famille.

MME MAZEL

Ça, c'est son équipe de football. Il a des gants et un maillot blancs, parce qu'il était gardien de but. C'était en 1934. Il y a six ans.

Une porte s'ouvre. Mazel entre et referme doucement la porte.

MAZEL

Il dort bien, mais, en dormant, il tète son pouce. Ce n'est pas une bonne habitude ; il va falloir surveiller ça de près... *(À sa femme.)* Tu as le courage, toi, de regarder ces trop belles images ? Moi, je ne peux pas... Je ne peux pas...

MME MAZEL

Je les montrais à la petite... Elle ne l'a pas connu quand il était jeune...

MAZEL

J'en ai d'autres, moi, dans la bibliothèque. Celles de son séjour en Angleterre. Elles sont dans une grande enveloppe blanche : je te les prêterai.

On entend courir dans l'escalier. La porte s'ouvre assez brusquement. Félipe paraît. Il est bouleversé, il est hors d'haleine, et, par moments, malgré lui, il rit bruyamment.

FÉLIPE

Bonjour, la compagnie ! Bonjour à tout le monde. Bonjour, monsieur Mazel ! *(Il lui serre la main.)* Ça va bien ?

MAZEL

Autant que possible, mon pauvre Félipe... Et toi ?

FÉLIPE

Moi, ça ne peut pas aller mieux.

MME MAZEL

Tant mieux pour vous.

FÉLIPE

Je me promenais sur le cours, là, assez tristement, comme de juste – et tout d'un coup, qu'est-ce que je vois ? Votre porte ouverte. Alors, je me suis dit : « Je vais monter leur dire un petit bonjour... Leur dire les nouvelles... Un peu parler, quoi... »

Il rit.

MME MAZEL

Vous avez peut-être d'excellentes raisons de rire. Par malheur nous n'en avons pas.

FÉLIPE

Et qui sait ? Dans la vie, madame Mazel, on ne sait pas tout, et des fois, on se croit très malheureux, et que peut-être on n'est pas si malheureux que ça. Vous regardez des photographies. Ça tombe bien, parce que, justement, j'ai mon pendule. *(Il tire de sa poche une boule en bois au bout d'un fil.)* Figurez-vous qu'au régiment, il y avait un autre puisatier... Alors, nous sommes devenus amis tout de suite, et lui, avec le pendule, il était très fort. Et il m'a appris des choses. Par exemple, si on met le pendule au-dessus d'une photographie, on peut dire tout de suite si la personne est morte ou vivante. Si la personne est morte, il se balance. Si elle est vivante, il tourne en rond. Donnez-moi une photographie.

Patricia lui tend aussitôt une grande photo de Jacques.

MAZEL

Félipe, il ne faut pas jouer avec ces choses-là.

FÉLIPE

Ce n'est pas un jeu, monsieur Mazel.

MAZEL

On m'a prévenu officiellement avant-hier.

FÉLIPE

C'est bien probable que nous ne le reverrons plus. Mais enfin, personne ne l'a vu mort… S'il est vivant, le pendule va tourner…

Il laisse pendre son pendule au-dessus de la photographie… Le pendule tourne en rond.

PATRICIA

Il tourne.

FÉLIPE

Eh oui ! il tourne… Il y a des gens qui n'y croient pas, mais moi j'y crois. En tout cas, cette fois-ci, ça m'étonnerait de me tromper… Alors moi, à votre place… à votre place… *(Il s'est levé, il arrache le crêpe du portrait.)* Dans le doute, hein, dans le doute…

MAZEL

Félipe, qu'est-ce que tu as, Félipe ?

MME MAZEL

Il est ivre ?

FÉLIPE

Non, madame, non… Seulement, voilà : j'ai rencontré des aviateurs, n'est-ce pas. Ils m'ont parlé… Ils m'ont dit que ça pouvait très bien se faire que Jacques soit vivant. Que peut-être avec son parachute, il serait tombé en Suisse… Ce n'est pas absolument sûr, remarquez bien… Enfin, je ne peux pas vous le dire tout de suite, parce que ça vous ferait une trop grand joie… Mais enfin, il y en a qui croient que vous allez recevoir une lettre…

Brusquement, Patricia se lève, et sort en courant.

MAZEL

Quand ? Mais quand ?

FÉLIPE

Ou même un télégramme. Ou même, peut-être, il va peut-être venir à Salon... ces jours-ci.

MME MAZEL

Il est vivant ?

FÉLIPE

Oui. Blessé, mais vivant : c'est son colonel qui m'envoie...

Mme Mazel fond en larmes.

DANS LE BAZAR FERMÉ

Il y a Jacques Mazel qui attend, devant le rayon des jouets. Patricia descend l'escalier de bois. Elle le voit, et son visage s'illumine.

JACQUES

Bonjour, Patricia... Comme vous êtes belle...

PATRICIA

Vous êtes là, et vous souriez.

Elle s'avance vers lui, puis elle s'arrête, et elle le regarde.

JACQUES

Félipe a su raconter l'histoire ?

PATRICIA

Il n'a pas su, mais j'ai deviné.

JACQUES

À moi aussi, il a raconté quelque chose. Est-ce que c'est vrai ?

Patricia baisse la tête. Du bout du doigt, elle fait tinter un cerceau à sonnette, et le petit timbre tinte clairement.

JACQUES

Quel âge a-t-elle ?

PATRICIA

Il a presque six mois. Vous auriez préféré une fille ?

JACQUES

Je ne sais pas. Un garçon, c'est plus grave... En somme, j'apporte une grande nouvelle, mais j'en apprends une aussi grande...

PATRICIA

Montez voir votre mère. Je vous dirai tout plus tard.

Jacques s'élance dans l'escalier.

Patricia reste seule. Elle attend. Au fond du bazar, voilà Pascal qui arrive, suivi de ses filles. Il s'avance.

LE PUISATIER

Tu nous attendais ?

PATRICIA

Jacques est revenu.

LE PUISATIER

Quel Jacques ? Celui des Mazel ?

PATRICIA

Il est là-haut, avec sa mère.

LE PUISATIER

Il est blessé ?

PATRICIA

Il a été blessé, mais il est guéri.

LE PUISATIER

Mais tu l'as vu, toi ?

PATRICIA

Oui, je l'ai vu.

LE PUISATIER

Et le petit est là-haut ? Tu n'aurais pas dû le laisser seul au milieu de tous ces Mazel... Alors, ce garçon est arrivé comme ça, comme un fantôme ?

PATRICIA

Non. Félipe est venu d'abord pour avertir.

LE PUISATIER

Il est là, lui aussi ?

À ce moment, Félipe descend l'escalier. Il est au comble de la joie.

FÉLIPE

Ils s'embrassent tous là-haut. C'est beau à voir. Ils sont tellement contents qu'ils ne font que pleurer... Mme Mazel c'est une fontaine.

LE PUISATIER

Et l'enfant ?

FÉLIPE

L'enfant est dans la chambre. Il dort. Ils n'ont pas encore eu le temps d'y penser.

Pascal s'élance vers l'escalier.

FÉLIPE

Où va-t-il ?

PATRICIA

Il va le chercher.

FÉLIPE

Pour quoi faire ?

DANS LA CHAMBRE DES MAZEL

Pascal entre, prend l'enfant et sort comme un voleur.

AU BAS DE L'ESCALIER DU BAZAR

Pascal reparaît, avec l'enfant dans ses bras.

LE PUISATIER *(en hâte)*

Allez, partons.

FÉLIPE

Mais pourquoi ?

LE PUISATIER *(à Félipe)*

Toi, reste ici si tu veux. Mais il me semble qu'un jour comme celui-là, ici, nous sommes de trop. Ces gens retrouvent leur fils, il vaut mieux les laisser entre eux... *(À Patricia.)* Et puis, nous aurions l'air de l'avoir attendu exprès, pour l'attraper au gosier, pour le forcer à prendre Patricia. Ce garçon est à peine ressuscité, il ne faut pas avoir l'air de le mener à l'église en courant. Allez, viens.

PATRICIA *(elle veut prendre l'enfant)*

Tu veux le porter ?

LE PUISATIER

Oui. J'ai la force. Allez, viens. *(À Félipe.)* Tu leur diras que, s'ils ont quelque chose à nous dire, ils savent où nous habitons, et ils ont l'automobile. Allez, nous partons. C'est mieux, c'est plus poli. Venez, venez...

Il s'enfuit, suivi de ses filles.

DANS LA SALLE À MANGER DU PUISATIER

C'est le matin. Il y a un grand soleil qui entre par la fenêtre.

La salle est très propre. Il y a des bouquets de fleurs des champs dans des pots de terre vernissée.

Patricia est nerveuse. Les petites sœurs sont en grande tenue. Le puisatier a revêtu son costume des dimanches. Il se promène, les mains derrière le dos.

Amanda est à la fenêtre.

PATRICIA *(à Amanda)*

Tu vois l'automobile ?

AMANDA

Non, c'est Félipe : il me fait signe qu'il ne voit rien.

PATRICIA

Pourtant, il avait dit qu'ils viendraient à onze heures.

LE PUISATIER

Il a dit « vers onze heures ». Il est onze heures cinq. Tu as tellement peur qu'ils oublient ? Va, ne t'énerve pas, je sais qu'ils viendront. Il y a ici quelque chose qui les attire pire qu'un aimant. *(Inquiet.)* Si je mettais le chapeau ?

PATRICIA

Non, père. Tu es chez toi.

LE PUISATIER

Ça, c'est vrai. Mais c'est pas un jour ordinaire. D'après ce que Félipe m'a dit, ils viennent pour te demander.

PATRICIA

Je crois que tu te fais des illusions. Maintenant qu'ils ont retrouvé leur fils, ils seront peut-être aussi orgueilleux qu'avant.

LE PUISATIER

Ça m'étonnerait. Qu'est-ce que tu en dis, toi, Amanda ?

AMANDA *(à la fenêtre)*

Moi, tout ça, ça me donne envie de pleurer.

LE PUISATIER *(découragé)*

Naturellement. Aussi, quand je pose une question, je choisis toujours la plus bête. Moi, je sais qu'ils viennent demander Patricia. De tout sûr, M. Mazel aura les gants blancs. C'est comme ça qu'on fait chez les riches. Enfin, de mon temps, c'était comme ça. Si je le prenais à la main, le chapeau ?

PATRICIA

Pour quoi faire ?

LE PUISATIER

Ça me ferait l'air naturel, comme si j'allais sortir. *(Brusquement à Isabelle.)* Oh ! c'est joli de se mettre les doigts dans le nez, surtout un jour comme aujourd'hui ! Quand les gens de la ville viennent pour demander ta sœur !

ISABELLE

Je me suis juste gratté le bout du nez !

LE PUISATIER

Menteuse ! Je t'ai vue ! *(À Patricia.)* Un peu plus, elle se trouait le cerveau !

Soudain la porte s'ouvre, et Félipe entre, tout ému.

FÉLIPE

Les voilà !

LE PUISATIER

Il a les gants blancs ?

FÉLIPE

Je ne sais pas. J'ai vu que l'automobile. C'est Jacques qui conduit.

PATRICIA

C'est Jacques ?

FÉLIPE

Oui. De la vitesse qu'ils sont arrivés, il me semble qu'il est pressé.

AMANDA *(un peu amère)*

De tout sûr, il est plus pressé que toi.

FÉLIPE

Qu'est-ce que tu en sais ?

LE PUISATIER

Elle n'en sait rien du tout, mais il faut tout le temps qu'elle parle. Attention. Ils montent l'escalier. Faites semblant de rien. Et, surtout, ne dites rien. La première qui parle, j'irai la perdre la nuit, dans une forêt, comme le petit Poucet. *(On frappe à la porte. Pascal toussote. Il dit à Patricia :)* Dis-leur d'entrer !

PATRICIA

Entrez !

La porte s'ouvre. Mazel paraît. Il est suivi de sa femme et de son fils.

MAZEL

Bonjour, Pascal. Bonjour, mes petites !

LE PUISATIER

Bonjour, monsieur Mazel... Bonjour, madame ! Bonjour, monsieur...

MME MAZEL

Vous n'aviez jamais vu notre fils ?

LE PUISATIER

Non, madame, jamais. C'est un beau garçon. Il est bien comme je me pensais. C'est un prince.

JACQUES

Vous êtes fort aimable, mais il n'y a pas de prince dans la famille.

MAZEL *(souriant)*

Enfin, pas à ma connaissance. Pascal, tu dois deviner pourquoi nous sommes ici tous les trois ?

LE PUISATIER

J'ose pas le deviner. Voulez-vous que je fasse sortir les petites ?

MAZEL

Non, pas cette fois-ci, Pascal. Ce que j'ai à te dire, elles peuvent l'entendre.

LE PUISATIER

Tant mieux, monsieur Mazel. Les plus jolies choses de la vie, c'est celles qu'on peut dire ou faire devant les petites filles.

MAZEL *(solennel, mais sincère)*

Pascal, Dieu nous a rendu notre fils. J'ai parlé longuement avec Jacques, et j'ai réfléchi jusqu'au jour – car tu penses bien que je n'ai pas dormi. Je tiens à te dire que je regrette profondément le mal que je t'ai fait sans le vouloir, et je remercie le Bon Dieu qui nous a laissé la possibilité d'effacer notre mauvaise action. Je viens te demander si tu consens à donner, à mon fils Jacques, ta fille Patricia.

LE PUISATIER

Depuis que vous avez parlé, le soleil est entré dans toute la maison. Avec quatre paroles d'honnête homme, vous avez fait briller même les meubles. Je consens, monsieur Mazel. Vous nous aviez pris l'honneur, aujourd'hui vous nous le rendez. Merci, monsieur Mazel. Maintenant, dans les rues de Salon, nous pouvons marcher en riant.

MME MAZEL

Vous êtes un brave homme, Pascal.

LE PUISATIER

Peut-être pas si brave que ça, mais honnête, madame Mazel.

MME MAZEL

Et ce mariage, nous le faisons quand ?

MAZEL

Le plus tôt possible, bien entendu. Moi, je propose que demain matin nous allions ensemble à la mairie... Nous demanderons les papiers des enfants, et...

JACQUES

Et Patricia n'a encore rien dit.

MME MAZEL

Elle est trop émue pour parler.

PATRICIA

C'est vrai, madame, que je suis très émue. Mais j'aimerais dire un mot, moi aussi.

FÉLIPE *(aux anges)*

Et ce mot, c'est oui.

PATRICIA

Je veux dire à M. et Mme Mazel qu'ils nous font un grand honneur. Mais M. Mazel a parlé tout à l'heure d'effacer une mauvaise action : il a dit qu'il « regrettait » ; au fond, on dirait que vous venez me demander parce que votre conscience vous fait un procès. Si ce n'est que pour ça, ça ne vaut pas la peine d'aller déranger le maire et le curé. Jacques, un mariage, ce n'est pas une famille qui accepte un enfant : c'est un homme qui veut une femme. Vous venez me chercher avec vos parents : est-ce du remords… ou de l'amour ?

Jacques sourit, il va vers elle, la prend dans ses bras, et la baise au front. Puis il se tourne vers les familles, et il dit :

JACQUES

On reviendra certainement, mais pour le moment, on va prendre l'air. Venez.

Il entraîne Patricia et sort.

MME MAZEL

Mais où vont-ils ?

LE PUISATIER

Vous savez, après ce qu'ils nous ont fait, il n'arrivera rien de pire. Félipe, tu devrais emmener les enfants. Parce que, maintenant que nous sommes d'accord, nous allons peut-être nous disputer.

MME MAZEL

À propos de quoi ?

LE PUISATIER

Attendez une seconde. Ne commençons pas devant eux.

Félipe rassemble les petites filles. Mais au moment de partir, il se penche dans l'entrebâillement de la porte.

FÉLIPE

Dites, si vous êtes décidés à vous disputer, au moins, ne vous disputez pas trop fort : ça ferait de la peine à tout le monde.

MAZEL

Et on se disputerait pour quoi ?

FÉLIPE

Oh, moi, je le sais ! C'est une chose bien petite, mais la dispute sera grosse.

Il sort en riant.

MAZEL *(il se tourne, inquiet, vers Pascal)*

Mais tu veux me parler de quoi ?

LE PUISATIER

Vous le savez bien : de l'enfant.

SUR LA ROUTE

Au bord des champs, près de la maison, Jacques et Patricia marchent sans rien dire. De temps à autre, Jacques la regarde et sourit.

PATRICIA

Je croyais que vous alliez me parler.

JACQUES

J'ai beaucoup de choses à vous dire. Mais maintenant, nous avons le temps.

PATRICIA

Ce n'est pas parce qu'on a du temps qu'il faut le gaspiller. Est-ce que c'est vrai ?

JACQUES

Quoi ?

PATRICIA

Notre mariage.

JACQUES

Ça en a l'air.

PATRICIA

Ça vous fait plaisir ?

JACQUES *(très sérieux)*

Non, évidemment. Mais enfin, je suis bien forcé d'accepter !

Patricia recule brusquement. Elle le regarde, puis elle s'en va, à grands pas, comme un garçon. Jacques court après elle en riant.

PATRICIA

Ne me touchez pas ! Je me fous de vous et de votre bazar !

Il la prend dans ses bras, avec une grande tendresse.

JACQUES

Petit nigaud ! Tu l'as cru ? Alors, ça va être un ménage où l'on ne pourra pas plaisanter ?

PATRICIA

Non, pas sur ces choses-là. Parce que moi, je vous aime.

JACQUES

Moi aussi, je vous aime – et bien plus que tu ne crois.

PATRICIA

Vous ne m'avez jamais écrit.

JACQUES

On m'avait dit que vous étiez mariée... Je l'ai cru.

PATRICIA

Elle savait pourtant que ce n'était pas vrai...

JACQUES

Elle voulait me défendre.

PATRICIA

Contre moi.

JACQUES

Contre tout le monde. C'est ma mère.

PATRICIA

Si, quelque jour, j'ai un mari, je voudrais être seule à m'occuper de lui... Nos parents sont très bons, et je voudrais qu'ils soient heureux... Mais quand vous êtes parti pour l'Afrique, votre mère a brûlé ma lettre. Lorsque j'ai connu mon malheur – c'était mon malheur à ce moment-là, et c'est mon bonheur aujourd'hui – votre père nous a mis à la porte, mon fils et moi. Et mon père, lui, qu'a-t-il fait ? Au coin de deux routes, il m'a chassée... Ils avaient tous raison, sans doute... Mais aujourd'hui, cet enfant est à moi – et à vous, si vous l'acceptez.

JACQUES

En somme, nos parents n'ont qu'à disparaître, et à nous laisser le bazar...

PATRICIA

Bien sûr que non. Ce magasin, c'est eux qui l'ont fait. Qu'ils le gardent.

JACQUES

Et nous, Patricia, nous vivrons comment ? Je n'ai jamais voulu être un fils à papa, et j'avais choisi un très beau métier... Aujourd'hui, ce métier n'a plus de raison d'être : je ne veux pas aller toucher ma solde, puisque les combats sont finis... D'ailleurs, à cause de mon bras blessé, je ne puis plus être pilote de chasse... Mais je ne suis pas vaniteux : je prendrai volontiers ma place au comptoir du bazar Mazel.

Ils marchent en silence.

PATRICIA

Cette ferme, ces terrains incultes, et ce ruisseau du premier jour, est-ce que vous ne pourriez pas en faire quelque chose ? Je ne veux pas dire que vous fassiez le paysan, avec un râteau et une pioche... Mais il y a des outils modernes, des tracteurs, des moissonneuses... Vous êtes savant, vous pourriez apprendre... Il me semble que je serais heureuse dans une ferme qui serait à nous, sur une terre qui nous ferait vivre... Je saurais faire la vaisselle et la lessive – et chaque jour, au soleil couchant, j'irais jusqu'au bout du chemin, pour attendre le retour de mon homme, qui revient de sa terre avec ses laboureurs... Mais ça, ce sont peut-être des idées de la fille du puisatier...

Jacques marche, pensif mais souriant, à côté d'elle...

DEVANT LA DEMEURE DU PUISATIER

Les voici de retour. Pendant qu'ils montent l'escalier de pierre, Patricia s'arrête soudain... En effet, on entend à travers la porte une violente discussion. Jacques et Patricia écoutent en souriant, et voici ce qu'ils entendent.

MAZEL *(avec force)*

Et d'ailleurs, la meilleure preuve, c'est que cet enfant a une petite lentille très noire sur l'épaule gauche. Mon père avait la même, au même endroit.

LE PUISATIER *(calme)*

Justement, je me demandais d'où ça lui venait, cette verrue. Parce que nous, dans la famille, on n'en a point. Ça vient des Mazel. Il faut bien qu'il ait quelque chose de vous.

MME MAZEL *(un peu violemment)*

Mais il n'a pas que ça : il a les yeux et le nez de mon beau-père.

LE PUISATIER *(stupéfait)*

De Mazel le Vieux ?

MAZEL *(avec beaucoup d'autorité)*

C'est frappant. Je l'ai vu le premier jour ! C'est exactement le nez de mon pauvre père.

LE PUISATIER *(indigné)*

Votre pauvre père ? Il avait un nez comme une aubergine, et tout piqueté de petits trous !

MAZEL

Parce que tu l'as connu très vieux.

LE PUISATIER *(avec véhémence)*

Et vous, votre pauvre père, vous l'avez connu au berceau ? Allons, monsieur Mazel, essayez d'avoir du bon sens ! Ne dites pas que cet enfant a l'aubergine de Mazel le Vieux, et surtout ne le dites pas devant lui, vous allez le faire pleurer ! Et puis, ne le touchez pas, laissez-le dormir !

MAZEL

Tout de même, j'ai bien le droit de regarder mon petit-fils.

LE PUISATIER

C'est peut-être votre petit-fils. En tout cas, son grand-père, c'est moi.

La porte s'ouvre, et Patricia paraît, suivie de Jacques.

LE PUISATIER

Tiens, Patricia, écoute et dis-moi si j'ai tort : ils prétendent que le petit ressemble à tous les Mazel de la création. De nous, il n'a rien, absolument rien. Eh bien, moi, je ne veux pas qu'on vienne ici me le défigurer, même en paroles.

MME MAZEL

Le mot « défigurer » n'est peut-être pas très aimable.

LE PUISATIER

J'ai accepté que cet enfant perde mon nom, et vous voulez que je sois aimable ? Et puis, qu'est-ce que vous avez dit tout à l'heure ? Vous avez dit : « Nous lui ferons ceci, nous lui ferons cela... Nous le mettrons dans un lycée, il ira aux écoles de l'électricité... » Vous décidez, tout, là, comme ça... Et moi, est-ce que je n'ai pas un petit mot à dire ? Est-ce que je n'ai pas des droits ?

MAZEL

Tu as des droits... Mais c'est toi qui contestes les nôtres.

LE PUISATIER *(violent)*

Je ne conteste rien. Je dis qu'avant le mariage il faut qu'on se mette bien d'accord, et qu'on dise clairement à qui appartient cet enfant.

PATRICIA

Que veux-tu dire ?

LE PUISATIER

Il est à moi, ou à lui ?

JACQUES

Il est à nous.

LE PUISATIER *(déconcerté)*

Ça on le sait, naturellement. Mais pour la question de l'autorité...

JACQUES

Il a son père et sa mère : nous sommes assez grands pour penser à lui. Vous dites que vous avez des droits ? C'est vrai. Vous avez le droit de l'aimer, de le soigner, de vous sacrifier pour lui si c'est nécessaire... Mais cet enfant n'est pas à vous et c'est vous qui êtes à lui.

Tous se taisent un instant. M. Mazel se tourne vers son fils.

MAZEL

Tu as raison, Jacques. Les aimer et les servir, voilà les seuls droits que les vieux ont sur les jeunes, surtout aujourd'hui... *(Il se tourne vers le berceau.)* C'est nous tous qui l'avons fait naître : il pourra nous dire un jour que nous avons mal choisi le moment – ou que nous l'avons mal préparé...

PATRICIA

Il a répondu : il sourit.

LE PUISATIER

Oui, il sourit. *(Il se penche sur le berceau et prend l'enfant.)* Adieu, Amoretti. Bonjour, petit Mazel. N'importe comment que tu t'appelles, tu es de mon sang, et tu souris... Et ça veut dire qu'il faut semer le blé, planter les vignes, trouver les sources. Nous en avons déjà trouvé beaucoup, mais les plus belles sont encore cachées, parce qu'elles sont les plus profondes ; avec des pioches, des bras et de l'amour, un jour, peut-être, elles sauteront au soleil.

À la fenêtre, on entend toussoter Félipe.

FÉLIPE

Je dérange ?

LE PUISATIER

Qu'est-ce que tu veux ?

FÉLIPE

Je veux demander quelque chose à Jacques.

JACQUES

Et quoi ?

FÉLIPE

Ton avis. Ça t'embêterait, peut-être, d'avoir un beau-frère aussi couillon que moi ? Tu sais, si vous ne nous invitez pas, on n'ira jamais vous voir. Et puis, si ça te déplaît que je me marie Amanda, eh bien, j'attendrai.

JACQUES

En somme, tu me demandes la main d'Amanda ? Je te l'accorde.

FÉLIPE

Merci.

LE PUISATIER

Celle-là est forte ! Et moi, alors, qu'est-ce que je suis ?

FÉLIPE

Oh ! vous, Pascal, vous êtes mon maître. Votre fille, je ne peux pas vous en parler ici, devant du monde. Je vous la demanderai demain, avec des gants d'argile rouge, au fond du puits.

LA FILLE DU PUISATIER 1940

Réalisateur	Marcel Pagnol
Production et distribution	Films Marcel Pagnol
Scénario et dialogues	Marcel Pagnol

Pascal, le puisatier	RAIMU
Patricia	Josette DAY
Félipe	FERNANDEL
M. Mazel	Fernand CHARPIN
Mme Mazel	Line NORO
Jacques	Georges GREY
Nathalie	Milly MATHIS
Amanda	Claire ODDERA
Le garçon de café	Félicien TRAMEL
Le commis	MAUPI
Le teinturier	Charles BLAVETTE
Le colonel aviateur	Lucien CALLAMAND
Le capitaine aviateur	Jean HEUZÉ
Éléonore	Raymonde
Marie	Rosette
Isabelle	Lilian
Roberte	Roberte ARNAUD

LA FILLE DU PUISATIER 2011

Réalisateur	Daniel AUTEUIL
Producteurs	Alain SARDE & Jérôme SEYDOUX
D'après l'œuvre	de Marcel PAGNOL
Adaptation	Daniel AUTEUIL

Le puisatier	Daniel AUTEUIL
Félipe	Kad MERAD
Mme Mazel	Sabine AZÉMA
Mazel	Jean-Pierre DARROUSSIN
Jacques	Nicolas DUCHAUVELLE
Patricia	Astrid BERGÈS-FRISBEY
Amanda	Emilie CAZENAVE
Nathalie	Marie-Anne CHAZEL
Isabelle	Coline BOSSO
Marie	Chloé MALARDE
Léonore	Brune COUSTELLIER
Roberte	Ilona PORTE
Le commis	Jean-Louis BARCELONA
Le garçon	Patrick BOSSO
Le capitaine	François-Éric GENDRON
La Bonne Mélanie	Michèle GRANIER
L'homme terrasse	Gérard MONTEL
Doublure puisatier	Salvatore CALTABIANO
Amoretti	Zachary AUTEUIL

Produit par Alain Sarde et Jérôme Seydoux
Une coproduction AS FILMS - ZACK FILMS - PATHÉ PRODUCTION - TF1 FILMS PRODUCTION
avec la participation de CANAL + et CINECINEMA
avec le soutien de LA RÉGION PROVENCE ALPES CÔTE D'AZUR,
en association avec LA BANQUE POSTALE IMAGE 4, COFIMAGE 22, UNIETOILE 8, BANQUE POPULAIRE IMAGE II, CINEMAGE 5.

LA FILLE DU PUISATIER 1940

LISTE TECHNIQUE

Images	WILLY assisté de Roger FORSTER et Pierre PETIT
Régie générale	MAUPI
Script-girl	Mme de GASTYNE
Maquillage	Albino COSTANZO
Décors	COT Marius BROUQUIER
Son	Marcel LAVOIGNAT
Musique	Vincent SCOTTO
Enregistrement	Philips
Montage	Jeannette GINESTET

Studios Marcel Pagnol, Marseille
Extérieurs Provence
Première publique Lyon (Pathé-Palace), 20 décembre 1940

LA FILLE DU PUISATIER 2011

LISTE TECHNIQUE

Casting	Élodie DEMEY
1er assistant mise en scène	Alain OLIVIERI - AFAR
Scripte	Marie LECONTE
Directeur de production	Gérard GAULTIER
Régisseur général	François MENNY
Directeur de la photographie	Jean-François ROBIN - AFC
Cadreur	BERTO
1er assistant opérateur	Olivier FORTIN
Photographe de plateau	Luc ROUX
Son	Henri MORELLE
	Jean GOUDIER
	Thomas GAUDER
Direction artistique	Bernard VEZAT
Chef décorateur	Jean-Marc PACAUD
Créateur de costumes	Pierre-Yves GAYRAUD
Chef costumière	Karine CHARPENTIER
Chef maquilleur	Joël LAVAU
Chef coiffeur	Laurent BOZZI
Chef électricien	Olivier RODRIGUEZ
Chef machiniste	Gérard BUFFARD
Chef monteuse	Joëlle HACHE
Bruiteur	Pascal CHAUVIN
Musique originale	Alexandre DESPLAT

Cet ouvrage a été imprimé en France par

CPI
BUSSIÈRE

à Saint-Amand-Montrond (Cher)
en mars 2011

N° d'édition : 682 – N° d'impression : 110591/4
Dépôt légal : mars 2011